FÁBULAS

ESOPO

FÁBULAS

Tradução de Antônio Carlos Vianna

www.lpm.com.br

L&PM POCKET

Coleção **L&PM** POCKET, vol. 68

Texto de acordo com a nova ortografia.

Primeira edição na Coleção **L&PM** POCKET: agosto 1997
Esta reimpressão: março de 2018

Capa: Ivan G. Pinheiro Machado sobre gravura do século XIX
Tradução: Antônio Carlos Vianna
Revisão: Delza Menin e Ruiz R. Faillace

E76f

Esopo, 550 a.C.
Fábulas de Esopo / Esopo; tradução de Antônio Carlos Vianna. – Porto Alegre: L&PM, 2018.
176 p. ; 18 cm. – (Coleção L&PM POCKET; v. 68)

ISBN 978-85-254-0659-0

1.Ficção grega-Fábulas. 2.Fábulas-Literatura Infantil. 3.Literatura infantil-Fábulas. I.Título. II. Série.

CDD	883.36
	028.5
CDU	875
	087.5:398.2"-0550"
	398.2:087.5"-0550"

Catalogação elaborada por Izabel A. Merlo, CRB 10/329

Rua Comendador Coruja, 314, loja 9 – Floresta – 90220-180
Porto Alegre – RS – Brasil / Fone: 51.3225.5777

Pedidos & Depto. comercial: vendas@lpm.com.br
Fale conosco: info@lpm.com.br
www.lpm.com.br

Impresso no Brasil
Verão de 2018

Acho que deveríamos colocar Esopo entre os grandes sábios de que a Grécia se orgulha, ele que ensinava a verdadeira sabedoria, e que a ensinava com muito mais arte que os que usam regras e definições.

La Fontaine

A MOSCA

Uma mosca caiu numa panela de carne. Afogada no molho e já quase morrendo, ela disse para si mesma: "Se já comi, já bebi e já tomei um banho, que me importa morrer?"

Suportamos a morte com mais facilidade quando a ela não associamos pensamentos tristes.

A CAMELA

Uma camela atravessava um rio de águas turbulentas. Tendo defecado, as fezes levadas pelo redemoinho foram parar no seu focinho. Ela então exclamou:

– Como é que o que estava atrás veio parar na minha frente?

Em certas ocasiões, os sensatos são ultrapassados pelos piores imbecis.

GUERRA E VIOLÊNCIA

Cada um dos deuses se casou com a mulher que o destino lhes havia reservado. Quando foi a vez do deus Guerra, só havia sobrado a Violência: ele se apaixonou loucamente por ela e a desposou. Desde então, ele a acompanha por toda parte.

A violência impera numa cidade ou entre as nações, trazendo guerra e discórdia.

O GATO E O GALO

Um gato queria ter uma boa razão para devorar um galo que caiu em suas garras.

– À noite – acusou-o –, teus gritos não deixam os homens dormir.

O galo se defendeu:

– É um serviço que lhes presto, chamando-os a seus deveres.

O gato não se abalou e acusou o galo de ultrajar a natureza por não respeitar nem a mãe nem as irmãs.

O galo respondeu:

– Isso reverte mais uma vez para o bem de meus patrões: eles têm assim ovos em abundância.

Os pretextos especiais de nada servem quando o celerado, desavergonhadamente, está decidido a fazer o mal.

O PESCADOR QUE TOCAVA FLAUTA

Um pescador, que era também flautista, pegou a flauta e a rede e foi pescar. De pé num promontório, pôs-se a tocar. Os peixes, pensava ele, atraídos pela beleza da música, pulariam sozinhos fora d'água. Tocou um bom tempo sem parar. Em vão. Deixando de lado a flauta, pegou a rede e a lançou na água. Pegou um monte de peixes. Tirava-os da rede e os jogava na areia . Como os peixes se retorciam, ele disse:

– Seus malditos, quanto vocês não dançaram enquanto eu estava tocando!

Assim agem os ardilosos.

O JARDINEIRO E O CÃO

Um jardineiro desceu ao fundo de um poço para tirar seu cão que caíra lá dentro. Pensando que seu dono descera para enterrá-lo ainda mais, o cão voltou-se contra ele e mordeu-o.

O jardineiro saiu do poço lamentando sua dor: "Bem empregado. Quem mandou eu querer tirar do aperto quem lá se meteu voluntariamente?"

A GATA E AFRODITE

Uma gata que se apaixonara por um fino rapaz pediu a Afrodite para transformá-la em mulher. Comovida por tal paixão, a deusa transformou o animal numa bela jovem. O rapaz a viu, apaixonou-se por ela e a desposou. Para ver se a gata havia se transformado completamente em mulher, Afrodite colocou um camundongo no quarto nupcial. Esquecendo onde estava, a bela criatura foi logo saltando do leito e pôs-se a correr atrás do ratinho para comê-lo. Indignada, a deusa fê-la voltar ao que era.

O perverso pode mudar de aparência, mas não de hábitos.

A VELHA E O MÉDICO

Uma velha senhora doente dos olhos mandou chamar um médico. Ele foi atendê-la e, sempre que lhe aplicava um unguento, roubava alguma coisa da casa, já que ela estava de olhos fechados. Depois de tratá-la e de levar seus móveis, apresentou-lhe a conta. Como a velha não quis pagá-la, ele abriu-lhe um processo. No tribunal, ela declarou que tinha se comprometido com ele a pagar desde que ele a curasse; ora, no momento, ela estava vendo bem menos que antes da cura: "Antes", disse ela, "eu via todos os móveis de minha casa; agora não vejo mais nenhum".

A NOVILHA E O BOI

Pobre de ti!, disse uma novilha a um boi que estava trabalhando.

Nisso, houve uma festa. Desatrelam o boi. Pegam a novilha e a matam. E o boi sorrindo: "Está aí, minha cara novilha, por que estavas sem trabalhar: teu destino era o sacrifício".

A ociosidade é perigosa.

OS GOLFINHOS, AS BALEIAS E A CARPA

Golfinhos e baleias se engalfinhavam. A batalha renhida já durava muito tempo quando, vindo das profundezes, uma carpa tentou reconciliá-los. Mas um dos golfinhos falou:

– Antes morrer sob os golpes de nossos adversários que te ter como mediador!

Em tempos de conflito, os insignificantes querem se fazer de importantes.

DIÓGENES E O HOMEM CARECA

Diógenes disse ao homenzinho que o insultava: "O insulto? Não é o meu forte. Mas todos os meus cumprimentos aos fios de cabelo que desertaram dessa tua cabeça perversa”.

HERMES E O ESCULTOR

Hermes quis saber qual o grau de estima que os homens lhe devotavam. Tomou a aparência de um mortal e foi ao ateliê de um escultor. Ao ver uma estátua de Zeus, perguntou:

– Quanto custa?

– Um dracma – respondeu-lhe o homem.

Hermes sorriu:

– E aquela, de Hera?

– É mais cara.

Hermes viu então sua própria estátua. Achava que, sendo ao mesmo tempo mensageiro e deus do comércio, seu preço seria bem mais alto.

– E Hermes, quanto custa? – quis saber.

– Oh, se comprares as outras duas, a levas de brinde.

Quem se acha o tal termina valendo menos que o esperado.

OS BOIS E O EIXO

Um carro era arrastado pelos bois. Como o eixo rangia, eles se voltaram e disseram-lhe: “Nós puxamos o carro e vocês é que gemem?”.

Para uns o sacrifício, para outros as queixas.

HÉRACLES E ATENA

Quando caminhava por uma rua estreita, Héracles viu no chão alguma coisa que se parecia com uma maçã e quis esmagá-la. A coisa então aumentou de volume diante de seus olhos. Ele a pisoteou com mais força ainda e a golpeou com a clava. Mas a coisa engrossou de tal forma que bloqueou o caminho. Héracles jogou fora a clava e ficou ali, presa do espanto, quando Atena lhe apareceu e disse:

– Para, irmão, o que estás vendo é o espírito da querela e da discórdia. Quanto mais a gente deixa de provocá-lo, menos ele reage. Mas, quando o atacamos, ele cresce da forma que estás vendo.

A RAPOSA E A GRALHA

Uma gralha faminta estava no alto de uma figueira; estava achando os frutos muito verdes e esperava que amadurecessem. Uma raposa, ao vê-la esperar pelo tempo, descobriu logo a razão e lhe disse: "Minha amiga, não adianta alimentar esperanças. Elas só nos enchem de ilusões".

OS ESCARGÔS

Um pobre camponês pusera uns escargôs para assar na grelha. Ao ouvir os estalos, ele disse: "Que idiotas, ainda cantam enquanto suas carapaças ardem!".

Quem age na hora errada termina sendo insultado.

OS VIAJANTES E A URSA

Dois amigos iam por uma estrada. De repente surge uma ursa. Um deles logo sobe numa árvore para se esconder. O outro, vendo-se quase pego, deitou no chão e se fingiu de morto. A ursa passa o focinho sobre ele, fareja-o daqui, fareja-o dali, e ele de respiração presa. (Dizem que os ursos respeitam os mortos.) O animal se foi e o que estava na árvore desceu e perguntou ao amigo o que a ursa lhe havia dito no ouvido. "Para não viajar mais com amigos que nos deixam sozinhos no perigo", respondeu.

É nas vicissitudes que conhecemos os amigos.

OS VASOS

Um pote de barro e um de cobre boiavam num rio. O primeiro disse ao outro: "Fica longe de mim, porque se me tocares serei destruído".

Não há vizinhança mais perigosa para um pobre que a de um senhor voraz.

A GRALHA E OS CORVOS

Uma gralha de tamanho descomunal olhava seus semelhantes com desdém. Partiu então em busca dos corvos para morar com eles. Mas os corvos, que nunca a tinham visto, expulsaram-na sem piedade. Rejeitada por eles, a gralha voltou para os seus. Mas estes não lhe perdoavam o orgulho: não a aceitaram de volta. E ela não pôde viver nem com uns nem com outros.

Não troques tua terra por uma outra: nesta serás

rejeitado por ser estrangeiro e naquela o teu desprezo será devolvido em ódio.

A RAPOSA E O CROCODILO

Uma raposa e um crocodilo discutiam para ver qual dos dois era o mais nobre. O crocodilo se gabava dos feitos de seus ancestrais e concluiu dizendo que seus pais presidiam os jogos ginásticos. A raposa replicou: "Nem precisavas dizer, só de olhar tua pele já dá para ver tua longa prática esportiva".

Contra os mentirosos, os fatos falam por si sós.

OS VIAJANTES

Alguns homens iam por uma estrada para fechar um negócio. Eis que, no caminho, encontram um corvo caolho. Como não queriam passar pelo pássaro, um deles, pensando que estavam diante de um mau presságio, achou melhor não ir em frente. Um outro replicou:

– Como esse pássaro pode prever nosso futuro se não soube evitar a perda de seu próprio olho?

Não dá para ouvir os conselhos de quem não sabe cuidar de si mesmo.

A CORÇA E O LEÃO

Uma corça perseguida por caçadores chegou à entrada de uma gruta onde estava um leão. Ela entrou para se esconder. Quando estava morrendo sob as garras da fera, ela disse:

– Triste destino o meu: tentei fugir dos homens e terminei nas garras de um animal selvagem.

Às vezes o medo de um perigo pequeno termina nos levando a um perigo maior.

O CABRITO E O LOBO

Da casa em que se encontrava, um cabrito viu passar um lobo. Pôs-se a insultá-lo e a escarnecer-lhe. O lobo disse então:

– O insulto não vem de ti, mas do lugar onde estás.

Muitos deixariam de ser valentes diante dos fortes se não estivessem em lugar seguro.

A COTOVIA

Presa numa arapuca, uma cotovia se lamentava: “Pobre de mim! Pobre pássaro que sou! Não roubei nem prata nem qualquer outro objeto precioso: por causa de um pequeno grão de trigo vou encontrar a morte”.

Tão grande risco por nada!

O ASNO E O JARDINEIRO

Um asno a serviço de um jardineiro comia pouco e trabalhava muito. Ele pediu a Zeus que o libertasse de seu cativeiro fazendo-o trabalhar para um outro patrão. Zeus o ouviu e ele foi vendido a um oleiro. Mas, de novo, o asno reclamou: carregava ao mesmo tempo terra e barro, de modo que seu fardo era maior ainda que antes. Pediu uma vez mais para mudar a situação e foi vendido ao dono de um curtume. E eis que ele caiu de novo nas mãos de um patrão pior que os anteriores. Ao ver o trabalho que tinha de fazer, o asno dizia gemendo:

– Pobre de mim! Por que não fiquei com meus primeiros donos! Este, pelo que estou vendo, terminará me tirando a pele!

Um novo chefe faz lembrar com saudade o antigo.

A ÁGUIA E SEUS DOIS DONOS

Um dia, uma águia foi capturada por um homem. Este lhe cortou as asas antes de jogá-la entre as aves de seu galinheiro. A águia baixava os olhos de vergonha; roída pela tristeza, parecia um rei cativo. Um outro homem a comprou e arrancou-lhe as penas. Depois, untou-a com mirra e as asas cresceram de novo. A águia voltou ao que era e, tendo pego uma lebre com suas garras, foi levá-la de presente ao seu novo dono. Mas uma raposa a viu e lhe disse:

– Entrega-a ao teu primeiro dono, pois o segundo é bom por natureza: melhor ser bem vista pelo primeiro, a fim de que ele não te pegue no novo e te prive de tuas asas.

O GATO E AS GALINHAS

Chegou até os ouvidos de um gato que em certo galinheiro as galinhas estavam doentes. Ele se fez então passar por médico e, levando consigo os instrumentos necessários, foi até lá. Ao chegar à porta do galinheiro, perguntou-lhes:

– Como estão?

Elas responderam:

– Muito bem, desde que dês o fora.

Por mais que queira passar por bonzinho, o homem mau não engana o homem sensato.

O HOMEM QUE PROMETIA O IMPOSSÍVEL

Um homem jazia, doente e perto da morte. Era pobre. Como os médicos lhe tinham tirado qualquer esperança de cura, ele prometeu aos deuses o sacrifício de cem bois e lhes dedicar um monumento se se restabelecesse. Sua mulher, que estava a seu lado, perguntou-lhe:

– E de onde tirarás o dinheiro?

Ele lhe disse:

– Você acha que vou me restabelecer para os deuses me cobrarem essas promessas?

É fácil fazer promessas quando sabemos que não vamos cumpri-las.

O CAMELO E ZEUS

Invejoso do touro que se vangloriava de seus chifres, o camelo quis ter também os seus. Foi pedi-los a Zeus. Mas o deus se indignou:

– Teu tamanho e tua força já bastam, para que queres ainda mais vantagens?

E, em vez de dar-lhe chifres, encurtou-lhe as orelhas.

Quem inveja os bens de outrem não percebe que perdeu os próprios.

O LEÃO E O JAVALI

Era verão e os animais estavam sedentos. Um leão e um javali foram matar a sede numa pequena fonte. Estavam brigando para ver quem ia beber primeiro. A briga terminou numa luta sangrenta. De repente, tendo-se separado momentaneamente para recuperar o ar, viram os abutres que só estavam esperando que um deles morresse para devorá-lo. Pararam então de brigar:

– Melhor ficarmos amigos que servir de pasto aos abutres e aos corvos.

Querelas e disputas nos expõem ao perigo. Melhor acabar com elas.

A SERPENTE, A DONINHA E OS RATOS

Uma serpente e uma doninha tinham ido brigar numa casa. Ao ver isso, os ratos, que normalmente eram a presa de uma ou de outra, saíram para estirar as pernas. Mas, quando viram os ratos, uma e outra pararam a briga e os atacaram.

Sejamos discretos enquanto os grandes se batem, senão os golpes sobram para nós.

O LOBO E O CAVALO

Ao atravessar um campo, um lobo encontrou cevada. Mas, como não tinha o hábito de comê-la, foi embora. Um pouco mais adiante, encontrando um cavalo, disse-lhe:

– Venha aqui, encontrei cevada; não a comi, guardei-a para ti só para ter o prazer de ouvir o ruído de tua mastigação.

O cavalo respondeu:

– Meu caro, se os lobos comessem cevada, quando irias trocar o prazer de encher tua pança pelo de ouvir o ruído de meus dentes?

Não dá para crer na súbita bondade do homem mau.

O PASTOR E O LEÃO

Um pastor que apascentava seus animais perdeu um bezerro. Como já andara todo o campo em vão, fez uma promessa a Zeus: sacrificar-lhe um cabrito se descobrisse quem era o ladrão. Nesse ínterim, ele viu, à beira de uma floresta, um leão devorando o bezerro. Tomado pelo medo, levantou os braços para o céu e exclamou: "Ó Zeus soberano, há pouco fiz uma promessa para te oferecer um cabrito se eu encontrasse o ladrão; agora imolarei um touro se eu escapar das garras dele".

Assim agem os que, na dificuldade, procuram uma saída que, depois de encontrada, só pensam em se safar.

O PASSARINHO E O MORCEGO

Quando caía a noite, um passarinho que tinha sido posto numa gaiola começava a cantar. Um morcego ouviu sua voz. Foi perguntar-lhe por que de dia ele descansava e à noite cantava. O passarinho respondeu:

– Tenho minhas razões. Foi cantando de dia que terminei preso; desde então, aprendi a ser sensato.

O morcego lhe disse:

– A prudência agora não adianta de nada: por que não a usaste antes de te prenderem!

O MÉDICO INEXPERIENTE

Um médico sem muita experiência acompanhava um doente. Diferentemente de seus colegas que prognosticavam um final feliz, embora distante, para a doença, ele disse a seu paciente para tomar as providências, deixando-o com essas palavras: "Não passarás de amanhã".Algum tempo depois, o doente melhorou e foi à rua. Estava pálido e caminhava com dificuldade. O médico o encontrou e perguntou-lhe:

– Bom dia, como vão os que estão debaixo da terra?

O doente respondeu:

– Estão bem, pois beberam a água do Letes*. Mas, há pouco, a Morte e Hades faziam terríveis ameaças contra os médicos porque eles não deixam os doentes morrer. Fizeram uma lista com o nome deles. Queriam incluir o seu nome mas me lancei aos pés deles e supliquei; jurei que o senhor não era um médico de verdade e que não tinham como acusá-lo.

---

* Letes: rio dos Infernos cujas águas davam àqueles que a bebiam o esquecimento (em grego *lethe*) e a despreocupação.

Envergonhados sejam todos os médicos ignorantes e estúpidos cuja arte se resume só a belas palavras.

O CÃO E A CONCHA

Um cão que tinha o hábito de comer ovos viu uma concha. Abriu a boca e, não sem esforço, a engoliu. Sentindo então a barriga pesada e doendo, disse: "Isto me ensinou a não achar que tudo o que é redondo é ovo".

Reflita antes de agir a fim de não se ferir com estranhos espinhos.

O ASNO E A RAPOSA

Um asno estava comendo as folhas de uma amoreira. A raposa o viu e disse-lhe rindo: "Como uma língua tão delicada e macia pode mastigar alimento tão áspero?".

Algumas pessoas se servem da própria língua para destilar veneno.

A HIENA E A RAPOSA

As hienas, dizem, mudam de sexo periodicamente: o macho se torna fêmea e vice-versa. Ora, como uma hiena repreendia uma raposa por rejeitar sua corte, a raposa respondeu: "Não é por mim, mas por tua natureza, pois não posso saber se me tomarás como um amante ou como uma amante".

Cuidado com o homem ambíguo.

O LOBO E A GARÇA

Um lobo que engolira um osso corria pelo campo procurando quem o salvasse. Ao encontrar uma garça, disse:

– Por favor, tira-me esse osso da garganta e te recompensarei.

A garça enfiou a cabeça na goela do lobo e retirou o osso. Depois ela reclamou a recompensa prometida. O lobo então respondeu:

– Já não te basta ter tirado tua cabeça sã e salva da boca de um lobo?

O reconhecimento do homem mau se limita a não causar um novo mal a quem lhe fez o bem.

A MULHER E AS CRIADAS

Uma viúva que trabalhava arduamente tinha por hábito acordar suas jovens criadas com o canto do galo para a lida. Cansadas de tanto trabalhar sem trégua, as criadas resolveram matar o galo: achavam que a razão de toda sua desgraça era ele, que acordava a senhora antes de o dia nascer. Qual nada! Morto o galo, o destino delas piorou ainda mais: pois a senhora, sem o galo e, consequentemente, sem seu relógio, as convocava ainda mais cedo.

Muito frequentemente nossas desgraças são o fruto de nossas próprias resoluções.

OS PESCADORES

Os pescadores começaram a puxar a rede lançada ao mar. Ela estava pesada e, por isso, eles dançavam de alegria achando que tinham feito uma boa pescaria. Mas, quando a depositaram na areia, encontraram mais pedras que peixes. Foi aquela decepção: não tanto por não terem pescado nada, mas por terem acreditado na sorte. Então um velho do grupo falou: "Não nos deixemos abater, meus amigos: parece que o sofrimento é irmão da alegria. Seja como for, depois de nos termos alegrado antecipadamente, teríamos de sentir alguma tristeza".

Vejamos como a vida é cambiante: é difícil reagir aos fatos com a mesma felicidade, pois não há bom tempo que não seja seguido de tempestade.

O CARVOEIRO E O FABRICANTE DE LÃ

Um carvoeiro soube que um fabricante de lã tinha se estabelecido não longe da casa em que ele morava e estava trabalhando. Foi até lá e o convidou para morarem juntos: dividindo o mesmo teto, ficariam mais próximos e gastariam muito menos. Mas o fabricante de lã respondeu: "Não dá para mim, pois o que eu lavar, tu sujarás de fuligem".

Impossível juntar coisas diferentes demais.

AS RÃS NO AÇUDE

O sol de verão secara o açude onde moravam duas rãs. Elas se olharam e partiram em busca de outro charco. Diante de um poço profundo, uma disse à outra:

– Como é, vamos descer?

Ao que a outra respondeu:

– E se de novo a água secar, como vamos subir? Prudência em tudo que se faz.

HERMES E TIRÉSIAS

Hermes quis ver mesmo se Tirésias era um autêntico adivinho. Roubou seus bois que estavam no pasto e, disfarçado de homem, pediu para ser recebido por ele, na cidade. Advertido de que seus bois tinham sido roubados, Tirésias foi com Hermes até os arredores da cidade: a observação dos pássaros o ajudaria a esclarecer o assunto. Hermes, a quem ele pediu para descrever as aves que encontrasse, falou-lhe primeiro de uma águia que voava da esquerda para a direita. "Esta não nos interessa", disse Tirésias. Depois Hermes descreveu uma gralha que estava numa árvore e ora levantava os olhos, ora os baixava. Tirésias disse então: "Este pássaro jura, pelo céu e pela terra, que depende de ti eu achar os meus bois".

O LEÃO, O LOBO E A RAPOSA

Um leão envelhecido estava doente em sua caverna. Todos os animais, exceto a raposa, tinham ido fazer uma visita ao seu rei. O lobo aproveitou a ocasião para denegrir a ausente:

– A raposa não tem nenhum respeito por nosso grande chefe, foi por isso que não veio visitá-lo.

Ele ainda estava terminando essas palavras quando apareceu a raposa. Quando a viu, o leão soltou um rugido. Mas a raposa pediu que a deixassem se defender e disse:

– Entre os animais aqui reunidos, quem lhe prestou mais serviço que eu? Fui à casa de todos os médicos das redondezas atrás de um remédio capaz de curá-lo e o encontrei.

O leão quis logo saber qual era esse remédio. A raposa respondeu:

– O senhor tem de tirar a pele de um lobo vivo e vesti-la ainda quente.

O lobo foi logo morto e estendido no chão. A raposa disse rindo: "Não se deve atiçar a ira do chefe, mas sua benevolência".

Quem quer fazer o outro de vítima termina se transformando nela própria.

O ASNO QUE QUERIA PASSAR POR UM LEÃO

Um asno vestira a pele de um leão e todos o tomavam como tal: homens e animais fugiam dele. Mas um vento forte arrancou-lhe a pele e ele ficou nu. Todos voaram sobre ele e deram-lhe uma surra.

Quando quer imitar os ricos, o pobre se expõe à zombaria e ao perigo. A cada um sua própria condição.

O LOBO SACIADO E A OVELHA

Um lobo saciado viu uma ovelha que jazia por terra. Achando que ela tinha desmaiado de medo, ele se aproximou e a acalmou dizendo:

– Dize-me três coisas verdadeiras e te deixarei partir.

A ovelha respondeu:

– Eis os dois primeiros: gostaria de não te ter encontrado, ou, se encontrasse, que estivesses cego. Quanto ao terceiro, ouça bem: que a morte te carregue, a ti e a todos os lobos que atacam sem piedade pobres ovelhas.

O lobo, achando que ela havia dito a verdade, deixou-a ir embora.

Assim é a força da verdade, mesmo se dita a nossos inimigos.

O CAVALO E O SOLDADO

Enquanto durou a guerra, um soldado alimentara com cevada seu cavalo, que lhe era muito precioso. Quando veio a paz e o animal só servia, como um escravo, para carregar pesadas cargas, a palha substituiu a cevada. De novo, vieram os rumores de guerra. Ouviu-se o soar das trombetas. O dono do cavalo se armou, arreou-o e se foi cavalgando. Mas o cavalo depauperado caía a cada passo. Ele disse então ao dono: "Vai agora te juntar aos outros soldados! Como posso hoje agir como um cavalo depois de ter recebido tratamento de asno?".

Em tempos de paz, é bom não esquecer o tempo dos infortúnios.

O CANIÇO E A OLIVEIRA

Constância, força e impassibilidade: o caniço e a oliveira se gabavam alternadamente. Mas, como a oliveira o repreendia por curvar-se a todos os ventos, o caniço ficou em silêncio e não disse uma palavra. Algum tempo depois, um vento violento se pôs a soprar. Por mais que a tormenta o sacudisse, o dobrasse, o caniço se mantinha firme. Mas a oliveira, de tanto enfrentar a violência dos ventos, terminou se rachando.

Melhor ceder às circunstâncias e aos mais fortes que rivalizar com os poderosos.

O CAMELO, O ELEFANTE E O MACACO

Um dia, os animais decidiram escolher um rei. O camelo e o elefante eram candidatos, e cada um achava que ia vencer, um graças à altura, o outro graças à força. Mas o macaco declarou ambos inaptos para reinar: "O camelo não sabe enfrentar os malfeitores; o elefante tem medo de porco, cujos ataques tememos".

Basta muito pouco para sustar as grandes empresas.

O BEM E OS MALES

O bem, vítima de sua fraqueza, foi expulso pelos males. Terminou indo parar no céu.

– Como – perguntou ele a Zeus – devo me comportar com os homens?

– Dirija-se a cada um deles em separado.

Eis por que os males, por permanecerem perto dos homens, os atormentam sem parar, enquanto o bem custa tanto a vir dos céus.

ESTÁTUA À VENDA

Um homem tinha feito um Hermes de madeira. Foi vendê-lo na feira. Não encontrando comprador, pôs-se, para atrair a freguesia, a bradar as vantagens de sua mercadoria: era, dizia ele, um deus benfeitor e pródigo de favores. Alguém que passava lhe disse:

– Como queres vender alguém cujos favores te seriam tão úteis?

O vendedor respondeu:

– É que estou precisando de um socorro urgente e ele, normalmente, demora a distribuir seus benefícios.

A PAREDE E A CAVILHA

Uma parede atravessada brutalmente por uma cavilha gritou:

– Por que estás me furando, não te fiz nada!

A cavilha respondeu:

– Não sou eu, é alguém que está me batendo violentamente por trás.

A ÁGUIA E A RAPOSA

Tendo ficado amigas, uma águia e uma raposa decidiram ficar morando uma perto da outra: esse acordo reforçaria, pensavam elas, a amizade. No alto de uma grande árvore, a água fez seu ninho: logo embaixo, numa moita, a raposa deixou seus filhotes. Ora, um dia em que a raposa tinha ido caçar, a águia, desprovida de alimento, foi direto à moita e raptou as raposinhas e se regalou com seus filhotes. Quando a raposa voltou e viu o que tinha acontecido, ficou mais aflita com a dificuldade de se vingar que com a morte dos filhos: suas patas não permitiam fisgar um pássaro. Em sua impotência, reduziu-se a amaldiçoar de longe o inimigo: assim fazem os fracos. No entanto, a águia não tardou a ser punida por seu desrespeito à amizade. Estavam sacrificando uma cabra no prado. Ela foi até o altar, roubou uma víscera fumegante e a levou para o ninho. Um vento violento fez o fogo se propagar a partir de um graveto seco. Seus filhotes, ainda incapazes de voar, caíram no chão queimados. A raposa correu e, diante dos olhos da águia, os devorou.

O amigo traído é fraco demais para te castigar, mas nem por isso escaparás da vingança divina.

ZEUS E APOLO

Zeus e Apolo disputavam para ver qual era o melhor arqueiro. Apolo puxou o arco e soltou a flecha. Zeus, então, com uma só pernada alcançou o local onde ela havia caído.

Ao presunçoso, a vergonha.

O HOMEM E O LEÃO

Um homem e um leão que caminhavam juntos se gabavam o tempo todo. E eis que encontraram uma estela com um homem estrangulando um leão. Mostrando-a a seu companheiro, o homem lhe disse:

– Estás vendo como somos mais fortes que vocês.

Mas o animal, mal escondendo o riso, replicou:

– Se os leões soubessem esculpir, verias uma porção de homens destruídos por um leão.

Alguns se vangloriam – e são muitos – de serem fortes e ousados, até serem desmascarados e confundidos pela experiência.

A VÍBORA E A HIDRA

Uma víbora ia regularmente beber água numa fonte. Mas uma hidra tinha feito ali sua morada e resolveu proibir-lhe o acesso:

– Aqui é meu domínio, a víbora que se contente com o seu.

O conflito chegou a tal ponto que elas decidiram se enfrentar. Quando chegou o dia da luta, as rãs, que detestavam a hidra, foram ao encontro da víbora para encorajá-la e lhe prometeram combater a seu lado. A luta começou. Enquanto a víbora enfrentava a hidra, as rãs, incapazes de fazer qualquer coisa, coaxavam até mais não poder. Vitoriosa na luta, a víbora lhes repreendeu a conduta: "Vocês tinham prometido lutar comigo, mas, em vez de me ajudar, ficaram cantando!".

"Saiba", responderam elas, "que é com a voz e não com os braços que nós ajudamos nossos aliados."

Quando se precisa de força, as palavras não servem para nada.

ZEUS E O PUDOR

Quando fez o homem, Zeus deu-lhe uma série de apetrechos, mas se esqueceu de lhe dar o pudor. Por isso, sem saber onde colocá-lo, mandou que ele entrasse por trás. O pudor ficou indignado. Como Zeus insistisse, ele disse:

– Tudo bem, eu entro, desde que Eros não entre também, senão sairei logo.

Por isso que todos os devassos são despudorados.

A LEBRE E A RAPOSA

A lebre perguntou à raposa:

– Que é que levas no teu saco, ouro ou mais uma peça? Pois teu nome significa lucro muito mais do que astúcia*.

– Se queres saber – disse a raposa –, vem até minha casa, convido-te para jantar.

A lebre acompanhou a raposa até sua toca: lá, não havia nada para jantar a não ser a lebre. Esta declarou:

– Como aprendi com minha própria desgraça, sei agora de onde vem teu nome: de tua astúcia e não de teus lucros.

Curiosidade além da conta é fonte de grandes desgraças.

---

* A raposa às vezes é chamada em grego de *kerdô*, nome derivado de *kerdos*: "ganho, lucro, astúcia".

A GAIVOTA E O MILHAFRE

Uma gaivota se engasgara ao engolir um peixe e jazia morta na areia. Ao vê-la, um milhafre declarou:

– Bem mereceste teu destino, tu, que nasceste para os ares, fizeste do mar teu domínio.

Infeliz de quem adota costumes que lhe são alheios.

A LEOA E A RAPOSA

Uma leoa disse à raposa que a reprovava por só ter dado à luz um filhote:

– Um só, mas um leão!

O bem deve ser medido não pela quantidade, mas por seu valor.

O VIAJANTE E A VERDADE

Num lugar deserto, um viajante encontrou uma mulher que estava sozinha e triste.

– Quem és tu? – perguntou ele.

E ela:

– A verdade.

– E por que abandonaste a cidade dos homens para viver nesta solidão?

– Foi porque antigamente só poucas pessoas mentiam; hoje a mentira está por toda parte.

O ASNO E AS CIGARRAS

Um asno ouviu as cigarras cantando e começou a ficar com inveja da doçura de seu canto:

– O que é que vocês comem para ficar com voz tão bela?

– Orvalho, responderam elas.

O asno ficou esperando o orvalho e morreu de fome.

Não se ganha nada, a não ser grande infelicidade, quando se deseja o que vai contra a própria natureza.

A SERPENTE E O CARANGUEJO

Uma serpente e um caranguejo viviam juntos. Quanto mais o caranguejo se mostrava bom e cuidadoso, mais a serpente usava da cautela e da falsidade. O caranguejo, por mais que exortasse a serpente a se portar bem e imitar sua maneira de viver, não conseguia fazer o réptil ouvir nada.

No fim, já esgotado, o caranguejo esperou o momento em que a serpente dormia e, saltando em sua garganta, matou-a. Ao vê-la morta, disse:

– Quando te incentivava a ser amiga, não quiseste, agora a morte o fez: ainda poderias estar viva!

O CAÇADOR E A COTOVIA ESPERTA

Um caçador estava estendendo sua rede para pegar passarinhos. Uma cotovia esperta o viu de longe e perguntou-lhe o que estava fazendo.

– Estou fundando uma cidade – respondeu ele.

Depois disso, ele se afastou e se escondeu. Confiando no homem, a cotovia se aproximou e foi pega na armadilha. Ao caçador que vinha a seu encontro, ela disse: "Pois é, meu caro, se é assim que vais fundar tua cidade, podes crer que muita gente vai querer morar lá!".

O CÃO E O PEDAÇO DE CARNE

Um cão atravessava um riacho com um pedaço de carne na boca. Quando viu seu reflexo na água, pensou que fosse um outro cão carregando um pedaço de carne ainda maior. Soltou então o pedaço que carregava e se jogou na água para pegar o outro. Resultado: não ficou nem com um nem com outro, pois o primeiro foi levado pela correnteza e o segundo não existia.

Cuidado com a cupidez.

O LEÃO E O GOLFINHO

Um leão que perambulava por uma praia cruzou com o olhar de um golfinho. Logo convidou-o a se juntar a ele.

– Eu e tu faremos uma dupla perfeita, pois reinaremos, tu sobre os animais marinhos, e eu sobre os terrestres.

O golfinho aprovou com alegria essa ideia. Ora, o leão mantinha de longa data uma guerra contra um touro selvagem. Pediu então a ajuda do golfinho. Mas este, por mais que tentasse sair da água, não conseguia, e o leão acusou-o de traição. O golfinho respondeu:

– Não me acuses, é minha natureza que me faz viver na água e não me permite pisar em terra firme.

Devemos escolher aliados que possam nos socorrer em hora de perigo.

O LOBO E O CÃO

Ao ver um cão enorme preso por uma coleira, o lobo perguntou:

– Quem te prendeu e te tratou tão bem?

– Um caçador – disse o cão. – Mas peça a Deus que te poupe tal destino: o peso dessa coleira me tira qualquer prazer.

É impossível ser feliz no infortúnio.

A POMBA E A GRALHA

Uma pomba que vivia num pombal orgulhava-se de sua enorme prole. Uma gralha ouviu-a e lhe disse:

– Deixa de te vangloriar: quanto mais filhos tiveres, mais lamentarás a escravidão em que viverás.

OS DOIS SACOS

Quando Prometeu fez o homem, deu-lhe dois sacos para carregar: um com os defeitos alheios, o outro com os defeitos próprios. Os homens levam o primeiro na frente e o segundo atrás. Eis por que sempre estamos prontos a ver os defeitos dos outros, mas nunca percebemos os nossos.

O MACACO E OS PESCADORES

Do alto da árvore onde tinha subido, um macaco viu alguns pescadores jogando suas redes no rio. Pôs-se a observar atentamente como eles faziam. Os pescadores tiraram então as redes e se afastaram para comer. O macaco desceu e quis imitá-los – os macacos são dados à imitação. Mas, quando pegou as redes, enrolou-se de tal forma que quase se afogava. Fez então a seguinte reflexão: "Como eu poderia pescar sem nunca ter aprendido?".

OS VIAJANTES E O MACHADO

Dois viajantes iam pela mesma estrada. Como um deles encontrou um machado, o outro disse:

– Fizemos um achado.

– Não diga "fizemos", diga "fizeste" um achado – corrigiu o primeiro.

Pouco depois, apareceram os que tinham perdido o machado. O que o carregava, ao se ver perseguido, disse ao amigo:

– Estamos perdidos.

– Não diga "estamos", mas "estou" perdido – replicou o outro –, pois quando encontraste o machado, não me incluíste.

Se nossos amigos não partilham de nosso sucesso, nos abandonarão quando cairmos em desgraça.

A GRALHA E OS PÁSSAROS

Zeus tinha decidido: iria escolher um rei para os pássaros. No dia marcado, todos compareceriam diante dele e o mais belo seria o eleito. Os pássaros foram então ao rio tomar banho. A gralha, ao se ver tão feia, recolheu as plumas caídas dos outros pássaros e cobriu-se com elas colando-as firmemente. Assim, foi ela que ficou com a melhor aparência. Quando chegou o dia marcado, todos os pássaros compareceram diante de Zeus. A gralha também foi, toda coberta de plumas variadas. Quando a mão de Zeus já ia apontá-la como rainha – tal era a sua beleza –, cada um dos pássaros, indignados, arrancou-lhe a pena que lhe pertencia. Ficando sem os adornos, a gralha voltou ao que era.

Ao tomar emprestado o dinheiro dos outros, o devedor se dá ares de rico; ao devolvê-lo, volta ao que era antes.

A MULHER E A GALINHA

Uma viúva tinha uma galinha que punha um ovo todo dia. "Dando-lhe um pouco mais de cevada, ela porá dois", disse ela. Mas deu-lhe tanta cevada que a galinha ficou entupida e não conseguia pôr nem mais uma vez por dia.

Por querer sempre mais, perdes até o que já tens.

A FEITICEIRA

Uma feiticeira dizia que era capaz de sortilégios que acalmavam a ira dos deuses. Nunca estava sem trabalho e conseguia assim uma boa renda. Mas, acusada de praticar rituais novos, foi julgada pela justiça e condenada à morte. Ao vê-la sair escoltada do tribunal, um sujeito matreiro lhe disse: “E então? Tu, que te vangloriavas de desviar a ira dos deuses, não foste capaz de persuadir os homens?”.

Que a vergonha destrua todas as falsas videntes. Prometem mundos e fundos e tropeçam numa dificuldade bem tola.

O CAÇADOR E A PERDIZ

Era uma vez um caçador que recebeu a visita de um hóspede numa hora bem avançada. Sem ter nada o que oferecer ao visitante, foi até a perdiz que criava e já ia sacrificá-la quando esta lhe disse:

– Seu ingrato! Não sou eu que te sirvo de chamariz para as minhas irmãs e ainda queres me matar?

Ele respondeu:

– Eis uma razão a mais para te imolar, pois não poupas nem teus semelhantes.

Quando traímos os nossos, despertamos o ódio dos que foram traídos e daqueles para os quais traímos.

A GALINHA E A ANDORINHA

Uma galinha que havia encontrado ovos de serpente, chocou-os cuidadosamente até o dia final. Uma andorinha que a vira fazer aquilo disse-lhe:

– Tu és doida! Para que criar seres que quando crescerem farão de ti a primeira vítima?

Não se pode esperar nenhuma bondade das pessoas perversas.

O CAÇADOR MEDROSO E O LENHADOR

Um caçador procurava o rastro de um leão. Perguntou então a um lenhador:

– Se o senhor visse o rastro da fera saberia dizer onde ela mora?

– Vou te mostrar o animal – respondeu o lenhador.

Pálido de medo e batendo os dentes, o caçador exclamou:

– Não estou procurando o leão, estou procurando seu rastro.

Assim é o medroso metido a valente: só é audacioso nas ideias.

O PORCO E OS CARNEIROS

Um porco tinha se misturado a um rebanho de carneiros e pastava com eles. Um dia o pastor o pegou. Como ele gritasse e resistisse, os carneiros o repreenderam:

– Nós ficamos berrando quando ele nos pega?

O porco replicou:

– Questão de detalhe. Quando ele corre atrás de vocês, é porque quer sua lã ou seu leite, mas de mim ele quer a carne.

Reclamas com razão quando querem tirar não teus bens, mas tua vida.

A ÁGUIA E O ESCARAVELHO

Uma lebre estava sendo perseguida por uma águia. Em seu desespero, foi obrigada a pedir ajuda ao único animal que lhe apareceu: um escaravelho. Este tranquilizou-a, e disse à aguia que se aproximava: "Por favor, poupa meu suplicante". Mas a águia, que não tinha senão desprezo pelo diminuto escaravelho, devorou a lebre diante de seus olhos. Desde então, cheio de rancor, o escaravelho não parava de ficar espiando a águia. Quando ela punha os ovos, ele ia até o ninho e empurrava-os para quebrá-los. Não sabendo mais o que fazer, a águia foi até Zeus, seu protetor juramentado, e lhe pediu um lugar seguro para fazer seu ninho. Zeus permitiu que ela pusesse os ovos nas dobras de sua veste. Mas nem isso havia escapado ao escaravelho: ele fez uma bolinha com seu cocô e voou. Ao sobrevoar o regaço de Zeus, deixou cair a bolinha. E Zeus, ao se erguer para se livrar do cocô, esquecido dos ovos, deixou-os cair no chão. Diz-se que, desde então, as águias não fazem mais seu ninho na estação dos escaravelhos.

Não há fraco que, ultrajado, não tenha um dia força para se vingar: quem os olha do alto, cuidado!

O CAMELO QUE DANÇAVA

O camelo dizia a seu dono que o obrigava a dançar: "Se já sou todo desajeitado quando ando, imagine quando danço...".

Isto se aplica a tudo o que foge ao seu natural.

OS GALOS E A PERDIZ

Um criador de galos viu na feira uma perdiz à venda. Comprou-a e levou-a para casa para criar junto com os galos. Mas estes a rejeitaram dando-lhe bicadas, e a perdiz, despeitada, pensava que o desprezo deles era porque ela tinha outra origem. Pouco depois, vendo dois galos se engalfinharem até tirar sangue, ela se disse:

– Pois bem, não tenho mais com que me preocupar ao ser ferida por esses dois que não poupam nem a si mesmos.

O homem sensato suporta mais facilmente os agravos do outro quando vê que este não poupa nem os seus próximos.

OS PESCADORES E O ATUM

Alguns homens foram à pesca e, apesar de todos os longos e terríveis esforços, não conseguiram pescar nada. Estavam sentados, desanimados, em sua barca, quando um atum, sem querer, pulou dentro, correndo de um pescador. Eles o capturaram, levaram-no para casa e o venderam.

Assim, muitas vezes, o acaso nos dá o que com nosso trabalho não conseguimos.

A RAPOSA E O CÃO

Uma raposa se misturou a um rebanho de ovelhas. Pegou um carneirinho que ainda mamava e fingiu que o acalentava. Um cão lhe perguntou:

– Que estás fazendo?

– Estou fazendo um carinhozinho nele, disse a raposa.

– Se não largares já já – disse o cão –, sou eu que vou te acalentar.

O NÁUFRAGO

Um rico ateniense navegava com outros passageiros. Veio uma forte tempestade: o barco virou. Enquanto todos os seus companheiros lutavam nadando contra as ondas, o ateniense não parava de invocar Atena, prometendo-lhe uma oferenda atrás da outra se ela o salvasse. Um dos náufragos, que nadava a seu lado, disse-lhe:

– Convoca Atena e também teus braços.

Ao procurar socorro convocando os deuses, é bom também fazermos nossa parte.

A VÍBORA E A LIMA

Uma víbora entrou no ateliê de um ferreiro e pediu um favor às ferramentas. Ela o conseguiu. Restou a lima, que respondeu assim ao seu pedido:

– Tu és bem ingênua ao pensar que vais conseguir algo de mim; tenho por hábito não dar, mas tomar.

Tolo quem pensa que vai conseguir tirar alguma coisa do avarento.

O CÃO E A RAPOSA

Um cão de caça viu um leão e se lançou no seu encalço. Mas o leão se voltou e pôs-se a rugir. Assustado, o cão deu uma meia-volta e foi embora. Uma raposa, vendo-o fazer aquilo, disse-lhe:

– Pobre cão! Perseguias um leão e te assustas com um simples rugido?

O presunçoso que quer ir além de suas forças treme logo diante de alguém que lhe resista.

O MOSQUITO E O LEÃO

O mosquito foi dizer ao leão:

– Não tenho medo de ti, não és mais forte que eu. És mesmo forte? Arranhas com as unhas e mordes com os dentes; mas uma mulher faz o mesmo quando briga com o marido. Eu sou muito mais forte que tu. Enfrentemo-nos, se quiseres.

E, zumbindo, o mosquito se pôs a picar o leão no focinho, onde não há pelo. O leão ficou tão machucado que terminou por entregar as armas. O mosquito deu-se como vencedor e foi embora. Mas caiu numa teia de aranha e, enquanto esta o engolia, ele se lamentava:

– Eu, que fiz a guerra contra os maiorais, como fui morrer entre as patas de uma vulgar aranha?

O LOBO E A VELHA

Um lobo faminto estava atrás do que comer quando ouviu uma velha dizer a uma criança que chorava:

– Para de chorar, senão vou te entregar ao lobo.

O lobo acreditou que a velha falava sério; parou e ficou à espera. Bem mais tarde, quando caiu a noite, ele ouviu de novo a velha falar. Ela acalentava o bebê e dizia:

– Se o lobo vier, queridinho, nós o mataremos.

Ouvindo isso, o lobo se foi dizendo:

– Neste casebre, dizem uma coisa e fazem outra. Muitos homens fazem o mesmo.

O VIAJANTE E HERMES

Um homem que estava fazendo uma longa viagem fez uma promessa: se encontrasse alguma coisa, ofereceria a metade a Hermes. Foi quando caiu sobre um saco cheio de amêndoas e de tâmaras e, acreditando que se tratava de dinheiro, pegou-o. Quando o sacudiu, viu o que continha e comeu tudo. Depois, pegou as cascas e os caroços e depositou-os no altar declarando:

– Aceita, Hermes, minha oferenda. Reservei para ti uma parte do meu achado: metade da parte de fora, metade da parte de dentro.

Há avaros cuja cupidez consegue enganar até os deuses.

A RAPOSA COMILONA

Uma raposa que estava morrendo de fome viu que alguns pastores haviam deixado pão e carne no oco de uma árvore. Sorrateiramente, foi lá e comeu tudo. Como a barriga cresceu e ela ficou presa no buraco, gemia e se lamentava. Uma outra raposa que passava por perto ouviu-a se lamentando e perguntou por quê. Quando soube o que tinha acontecido, disse-lhe:

– Paciência! Quando voltares ao que eras antes, sairás facilmente.

O tempo resolve as dificuldades.

AS RÃS VIZINHAS

Duas rãs eram vizinhas. Uma morava num açude profundo, afastado da estrada, e a outra numa pequena poça d'água, por onde todos passavam.

– Queres um conselho? – perguntou a rã do açude à outra. – Vem morar comigo. Terás uma vida agradável, longe do perigo.

Mas a outra não se deixou levar:

– Sofrerei – disse ela –, longe de meus hábitos.

Um dia ela terminou sendo esmagada pelas rodas de uma carroça.

Assim acontece com os que, preocupados com ninharias, morrem antes de ter feito algo importante.

OS LENHADORES E O PINHEIRO

Alguns lenhadores estavam cortando um pinheiro: tarefa fácil para eles, já que usavam cunhas feitas da mesma madeira. "Tenho menos raiva do machado", dizia o pinheiro, "que das cunhas feitas com minha madeira."

Nossa infelicidade parece maior quando infligida por pessoas que nos são próximas.

O PINHEIRO E A SARÇA

Um pinheiro e uma sarça estavam brigando. O pinheiro se vangloriava:

– Sou belo, imponente e altivo, sirvo para fazer o teto dos templos e os barcos: como queres te comparar a mim?

Ao que a sarça respondeu:

– Se te lembrares dos machados e das serras que te cortam, preferirás meu destino ao teu.

Vida simples, vida segura.

O CERVO E O LEÃO

Um cervo premido pela sede foi atrás de uma fonte. Ao se abeberar, viu seu reflexo na água. Ao mesmo tempo que tinha orgulho dos chifres que se esgalhavam, mortificava-se com as pernas finas e frágeis. Ao ver surgir um leão, parou de pensar. A perseguição começou. O cervo levou vantagem por se distanciar muito do leão, pois a força dos cervos está nas pernas e a dos leões no coração. Enquanto estava em campo aberto, o cervo manteve uma distância salvadora. Mas, ao entrar num bosque, os chifres se emaranharam nos galhos das árvores: interrompida a fuga, ele caiu nas garras do leão. Quando estava morrendo, disse a si mesmo:

– Pobre de mim! Eu achava que minhas pernas me atrapalhavam e foram elas que me salvaram; acreditava em meus chifres e eles me traíram.

Assim acontece muitas vezes, quando o perigo nos ronda. O amigo em quem não acreditávamos nos salva, e aquele com quem contávamos nos trai.

A CORÇA E A VINHA

Uma corça que estava sendo perseguida escondeu-se numa vinha. Ao ver que os perseguidores estavam indo embora, ela achou que estava livre e se pôs a comer a parreira. Ouvindo o ruído das folhas, os caçadores voltaram. Viram logo que o animal estava escondido ali atrás e a mataram com dois golpes.

– Castigo merecido – disse a corça ao morrer. – Não podia ter feito o mal a quem me havia salvado.

Os deuses punem quem faz o mal a seu benfeitor.

O ASNO, O CORVO E O LOBO

Um asno que sofria de uma ferida nas costas pastava num campo. Um corvo pousou sobre ele e começou a bicar-lhe a ferida. O asno, presa da dor, pôs-se a pular e a urrar. Isso provocou risadas em seu dono. Um lobo que passava por perto praguejou: "Nós, pobres-diabos, mal nos veem, e já começa a perseguição; já seres como esse corvo provocam risinhos quando se aproximam".

A VESPA E A SERPENTE

Uma vespa havia pousado na cabeça de uma serpente e a atormentava com suas picadas incessantes. A serpente, que se torcia de dor sem poder se defender, pôs a cabeça sob a roda de uma carroça levando consigo a vespa.

Que eu morra, desde que meu inimigo morra também.

O TOURO E AS CABRAS SELVAGENS

Perseguido por um leão, um touro se refugiou numa gruta onde estavam algumas cabras selvagens. Elas se puseram a dar-lhe chifradas.

– Se eu suporto seus golpes – disse-lhes o touro –, é porque tenho medo, não de vocês, mas daquele que está na entrada da gruta.

O medo de um grande mal nos ajuda a suportar um mal menor.

O PAVÃO E A GRUA

O pavão zombava da grua por causa da cor de sua plumagem:

– Minha roupa é de ouro e púrpura, já a tua plumagem não tem nenhuma beleza.

– Só eu – respondeu a grua –, canto entre as estrelas, e meu voo me leva às alturas; tu, igual a um galo, caminhas pela terra como a galinhada.

Melhor a glória em andrajos que a desonra no fausto.

A FORMIGA E A POMBA

Uma formiga sedenta foi até uma fonte. Mas a corrente a levou e ela já ia se afogando quando uma pomba a percebeu. A ave cortou um galhinho de uma árvore e o lançou na água. A formiga subiu e se salvou. Pouco depois, veio um caçador: ele estava espalhando visco para pegar a pomba. A formiga, vendo-o fazer aquilo, mordeu-lhe o pé. Gritando de dor, o caçador deixou cair o visco e assustou a pomba, que voou.

Imitemos a formiga, saibamos retribuir o bem.

A OVELHA TOSQUIADA

Uma ovelha disse ao inábil barbeiro que a tosava:

– Se é minha lã que tu queres, corta menos fundo; se é minha carne, mata-me de uma vez por todas em vez de me torturar com pequenos golpes de tesoura.

Cuidado com os maus artesãos.

O RATO DO CAMPO E O RATO DA CIDADE

Um rato do campo convidou um rato da cidade para jantar. Serviu-lhe produtos do campo: figo, uva e castanhas. Ao ver a pobreza de seu anfitrião, o rato da cidade convidou-o para ir viver com ele. Tendo-o levado para o celeiro de um homem rico, ofereceu-lhe todo tipo de carne, de peixe e até mesmo doces. Nisso, apareceu o fiscal. Os ratos, desnorteados, fugiram na hora. O rato do campo disse então ao rato da cidade:

– É assim, com todo esse medo, que consegues teu alimento; eu tenho o prazer de conseguir o meu livremente e tranquilo.

OS FILHOS DO CAMPONÊS

A discórdia reinava entre os filhos de um camponês. Em vão, ele os exortava a mudar de comportamento; suas palavras não produziam nenhum efeito. Foi por isso que decidiu dar-lhes uma lição na hora:

– Tragam-me – disse ele – um feixe de gravetos.

Os meninos foram buscar. O camponês pegou os gravetos e os uniu num feixe compacto e pediu que eles o partissem. Apesar de toda a força que botaram, não conseguiram. O pai então desfez o feixe e deu a cada um deles um graveto. As crianças os quebraram com facilidade.

– Vejam, meus filhos, o mesmo acontece com vocês: se forem unidos, não temerão seus inimigos, mas, se continuarem na discórdia, cairão na mão deles.

A MULHER E SEU MARIDO

Uma mulher se casara com um beberrão. Ela pensou então numa forma de acabar com o vício dele. Esperou que, entorpecido pela bebida, ele caísse igual a um morto. Carregando-o nos ombros, levou-o até o cemitério, deixou-o no chão e se foi. Quando achou que ele já tinha voltado ao normal, ela voltou e bateu à porta do cemitério. Quando ele perguntou "quem é?", ela respondeu:

– É a mulher que traz comida para os mortos.

O marido disse então:

– Por favor, não me dê comida, prefiro bebida. A senhora me faz sofrer se falar de comida e não de bebida.

Ouvindo isso, a mulher exclamou batendo no peito:

– Pobre de mim! Meu estratagema não serviu para nada. Em vez de te corrigir, chegaste ao ponto em que o vício se transforma numa segunda natureza.

Cuida de cortar o vício antes que ele te transforme em escravo.

HERMES E OS ARTESÃOS

Zeus havia obrigado Hermes a dar a todos os artesãos o veneno da mentira. Hermes preparou a mistura e espalhou-a igualmente por toda parte. Quando foi a vez de dá-la ao sapateiro, ainda restava uma boa quantidade no fundo do pote. É por isso que, de todos os artesãos, o sapateiro é o mais mentiroso.

O CÃO E A LEBRE

Um cão tinha pego uma lebre e ora a mordia, ora lhe lambia os beiços. A lebre lhe deu então um ultimato:

– Vamos. Decide-te. Ou o carinho ou a morte. Quero saber com quem estou lidando, se amigo ou inimigo.

Isto se aplica a quem tem comportamento ambíguo.

O LEÃO, PROMETEU E O ELEFANTE

Frequentemente, o leão se queixava a Prometeu:

– Me fizeste grande e belo; me deste dentes afiados e garras; fizeste de mim o mais forte de todos os animais. E, apesar disso, tenho medo do galo.

Prometeu respondia:

– O que significam essas tolas reclamações? Tens tudo o que eu, com meu poder, podia te dar. Salvo o galo, nada abala a tua coragem.

Mas o leão chorava o seu destino e se acusava de fraco. Terminou desejando morrer. Estava assim perdido em seus pensamentos quando encontrou o elefante. Saudou-o e, tendo parado para falar com ele, observou o movimento que lhe agitava as orelhas sem parar.

– O que tens? – perguntou. – Tuas orelhas não podem ficar um instante paradas?

E, como um mosquito não parava de voar à sua volta, o elefante respondeu:

– Estás vendo esse ser minúsculo que zumbe? Se entrar em minha orelha, estou morto.

O leão disse então:

– Por que morrer, se, para minha felicidade, minha força está para o elefante assim como o galo está para o mosquito!

O mosquito é bastante forte para abalar o elefante.

O CAÇADOR E A CEGONHA

Um caçador tinha estendido a rede para pegar umas gruas e se escondeu enquanto esperava as presas. Ora, quando viu que entre as gruas havia uma cegonha, ele correu e a capturou também. Como a cegonha pediu para ser solta, alegando que, além de não prejudicar ninguém, ainda era útil comendo as serpentes e outros répteis, o caçador respondeu: "Mesmo que eu não tenha nada contra ti, não deixas de merecer um castigo por teres te misturado aos maus".

Não é bom nos juntarmos aos maus para não dar a impressão de que participamos de suas maldades.

A PORCA E A CADELA

Uma porca e uma cadela discutiam para ver qual a melhor parideira. A cadela achava que era ela porque, entre todos os quadrúpedes, era quem paria mais rápido. "Ora", retrucou a porca, "mas teus filhotes vêm ao mundo cegos, de olhos fechados."

A pressa é inimiga da perfeição.

O LEÃO COM RAIVA E O CERVO

Um leão pegou a doença da raiva. Um cervo que o vira ao sair da floresta exclamou: "Pobres de nós! Se lúcido ele já era insuportável, o que não fará tomado de furor?".

Fujamos dos poderosos exaltados e que compactuam com a injustiça.

O CAVALEIRO CARECA

Um cavaleiro careca, e que usava peruca, cavalgava num descampado. Veio uma tempestade e arrancou-lhe a cabeleira postiça, o que provocou risos em seus companheiros. O cavaleiro, então, freando seu cavalo, disse-lhes: "Não vejo nada demais em ter perdido estes cabelos, já que eles tinham abandonado antes a cabeça em que nasceram".

Aconteceu uma desgraça? Não te preocupes. O que não nos foi dado de berço não será nosso por muito tempo. Nus viemos, nus voltaremos.

O AVARENTO

Um avarento juntou tudo o que tinha e transformou numa barra de ouro que enterrou em seu jardim: com ele enterrou também sua alma e todos os seus pensamentos. E desde então, diariamente, ia inspecionar seu tesouro. Um de seus empregados, observando aquele vaivém, viu logo de que se tratava; desenterrou a barra de ouro e levou-a. Pouco depois, o avarento foi fazer sua inspeção. Quando viu o buraco vazio, começou a se lamentar e a arrancar os cabelos. Vendo-o nesse estado, um transeunte perguntou o que tinha acontecido e, compreendendo o que afligia o avarento, disse-lhe: "Por que ficar assim tão desolado? Tinhas o ouro e ao mesmo tempo não o tinhas. Basta pôr uma pedra no lugar onde estava a barra de ouro e imaginar que ele está lá. Pelo que vejo, mesmo quando o ouro estava lá, não fazias uso dele".

Ter bens e não usufruí-los é o mesmo que não ter.

O FERREIRO E O CÃOZINHO

Era um vez um ferreiro que tinha um cão. Enquanto o dono estava na forja, o cão dormia; quando ia comer, o cão ficava a seu lado. Um dia, ao jogar-lhe um osso, o ferreiro disse:

– Seu maldito dorminhoco! Enquanto estou malhando o ferro, estás dormindo; mas quando meus dentes estão mastigando, logo acordas.

Assim fazem os malandros que vivem do trabalho alheio.

O INVERNO E A PRIMAVERA

O inverno estava ralhando com a primavera e a enchia de reprovações:

– Mal tu apareces, ninguém fica parado; este vai pelos campos e florestas para colher as flores que ama, lírios ou rosas, para admirá-las ou pô-las no cabelo; aquele outro pega um barco, atravessa o mar e, se for possível, vai visitar outros países. Ninguém se preocupa mais com o vento ou a chuva. Eu, ao contrário, pareço um chefe a quem se obedece sem reclamar: a uma ordem minha, os olhares voltam-se do céu para a terra; inspiro medo e horror, e as pessoas se dão por felizes por terem de ficar em casa dias e dias quando assim decido.

A primavera disse:

– Por Zeus! É por isso que os homens gostariam de se livrar de ti, enquanto só o meu nome lhes parece bonito, quando não o mais belo de todos, de modo que se lembram de mim quando desapareço e ficam felizes quando retorno.

A ANDORINHA E A SERPENTE

Uma andorinha tinha feito seu ninho dentro de um tribunal. Tendo se ausentado, uma serpente foi até o ninho e devorou-lhe os filhotes. Quando voltou e viu o ninho vazio, aterrada pela dor, pôs-se a chorar. Uma andorinha amiga tentou consolá-la, dizendo-lhe que ela não era a única a quem acontecia tal desgraça. Mas a mãe desconsolada respondeu:

– O que me aflige é menos a perda de meus filhos

que o fato de ser vítima desse crime num lugar em que os ultrajados geralmente são assistidos.

Nossa infelicidade é tanto maior quando vem de onde não esperamos.

OS VIAJANTES E O PLÁTANO

Meio-dia, pleno verão. Dois viajantes, cansados pelo calor, avistam um plátano. Ao se aproximarem, deitam-se para tirar um soneca à sua sombra. Observando a árvore, um diz para o outro:

– Eis uma árvore estéril sem nenhuma utilidade para os homens.

O plátano os interrompeu:

– Ingratos! É justamente quando vocês aproveitam de minha sombra que me chamam de inútil e de estéril.

Assim é o destino de alguns: são vistos como inúteis mesmo quando prodigalizam seus benefícios.

O LOBO E O LEÃO

Um dia, um lobo roubou um cordeiro. Estava levando-o para o covil, quando veio um leão e roubou sua presa. O lobo tomou certa distância e gritou:

– Bandido, roubaste o que era meu!

O leão pôs-se a rir:

– E por acaso tinha sido presente de algum amigo teu?

Assim se acusam mutuamente bandidos e ladrões insaciáveis quando surpreendidos pelas adversidades.

O MÉDICO E O DOENTE

Um médico cujo paciente morrera disse aos que o carregavam para o cemitério:

– Ali vai um que, se tivesse largado a bebida e tomado lavagens, não teria morrido.

Alguém replicou:

– Excelência, de que serve falar isso se não não tem mais jeito? O senhor devia ter dito isso quando ele podia ainda ouvir seus conselhos.

Ajudemos nossos amigos quando eles precisam, em vez de ironizá-los quando não há mais jeito.

O MILHAFRE E A SERPENTE

Um milhafre raptou uma serpente e voou bem alto. Mas a serpente ficou se contorcendo e terminou picando seu raptor. O pássaro caiu morto no chão. A serpente disse então:

– Que mosca te mordeu para fazer mal a quem não te prejudicava em nada?

Quem pretende se apoderar dos mais fracos, quando encontra um mais forte, paga por todos os males que causou.

O CÃO DORMINHOCO E O LOBO

Como estava dormindo à porta de um estábulo, um cão foi surpreendido por um lobo que se lançou sobre ele, pronto para devorá-lo. Mas o cão lhe pediu para adiar o sacrifício:

– Agora – disse ele – estou raquítico e doente.

Mas espera um pouco, meus donos estão para comemorar suas núpcias: comerei muito e, bem gordo, serei para ti um prato delicioso.

O lobo acreditou nele e se foi. Alguns anos depois, ele voltou e viu que o cão estava dormindo no andar de cima da casa. De baixo, ele o chamou:

– Lembras de mim – disse ele –, daquilo que combinamos.

O cão então falou:

– Ô seu lobo, quando me vires de agora em diante dormir diante do estábulo, não esperes mais as núpcias.

Uma vez salvo do perigo, o homem sensato se previne para sempre.

A SERPENTE PISOTEADA

Uma serpente que era frequentemente pisoteada foi pedir a Zeus que a ajudasse. Zeus lhe respondeu:

– Se tivesses mordido o primeiro que te pisou, um segundo não teria feito o mesmo.

Se enfrentares os primeiros que te atacam, os outros te temerão.

O MENINO E AS TRIPAS

Os camponeses tinham sacrificado uma cabra e convidaram pessoas da vizinhança para um banquete. Entre elas havia uma mulher humilde acompanhada do filho. A festança estava bem adiantada quando o menino, que tinha se empanturrado de carne, queixou-se à mãe:

– Mamãe, vomitei minhas tripas.

– Não vomitaste as tuas, mas as que comeste.

O mesmo acontece com o devedor sempre pronto a pegar o dinheiro alheio; quando se trata de devolvê-lo, sofre como se fosse devolver o que era seu.

O CAMELO VISTO PELA PRIMEIRA VEZ

A primeira vez em que viram um camelo, os homens fugiram assustados com o tamanho do animal. Mas quando, com o tempo, constataram que ele era dócil, fizeram tudo para se aproximar dele. Depois, dando-se conta de que ele não se aborrecia, começaram a tratá-lo com descaso a ponto de lhe colocar um cabresto e deixar que as crianças o conduzissem.

O hábito faz arrefecer o medo.

DOIS ESCARAVELHOS

Numa pequena ilha, pastava um touro cujo esterco alimentava dois escaravelhos. Quando chegou o inverno, um disse ao outro:

– Estou pensando em voar até terra firme; assim, terás aqui com que te alimentar convenientemente. Quando a mim, passarei o inverno nesse outro lugar e, se encontrar alimento em quantidade, venho te buscar.

Uma vez no continente, encontrou uma boa quantidade de esterco fresquinho. Comeu e ficou por ali mesmo. Na primavera, voltou à ilha. Ao vê-lo gordo e com boa cara, seu companheiro repreendeu-o por não lhe ter trazido nada:

– Tu me tinhas prometido.

– Não é culpa minha – respondeu o outro –, mas da natureza: lá tem o que se comer, mas nunca em grande quantidade.

Assim acontece com algumas pessoas. Sua amizade vai até oferecer uma refeição, mas não passam disso.

O CARANGUEJO E A RAPOSA

Um caranguejo saiu do mar e ficou ali pela praia, sozinho, à procura de alimento. Nisso, uma raposa faminta o viu. Como não tinha outra coisa para comer, se lançou sobre o caranguejo. Quanto estava para ser devorado, o caranguejo exclamou:

– Bem empregado, quem me mandou, eu, um animal marinho, querer passar por um animal da terra.

Triste de quem se lança em negócios que nada têm a ver com seus hábitos.

O LAGOSTIM E SUA MÃE

– Não andes de lado – dizia a mamãe-lagostim a seu filho –, para de roçar as costas nas rochas úmidas.

– Mas, mamãe, aprendi com você: ande direito, que também andarei.

Quem quer consertar os outros deve primeiro se consertar.

UMA NOGUEIRA

Uma nogueira, que crescia à beira de uma estrada e que era alvo das pedradas dos transeuntes, queixava-se para si mesma:

– Pobre de mim, que todo ano sou vítima de ultrajes e sofrimentos!

Assim são os que, por causa de seus próprios bens, estão expostos a todo tipo de desgosto.

O CASTOR

O castor é um animal de quatro patas que vive nos pântanos. Dizem que seus órgãos sexuais servem para fazer remédio. Quando os caçadores o descobrem, capturam-no para lhos extirpar. Sabendo disso, ele foge a toda velocidade para se conservar inteiro. Quando acontece de ser capturado, ele mesmo decepa seus órgãos, abandona-os e salva assim sua vida.

Olha com certo desdém quem põe o olho em tua riqueza a fim de salvar tua vida.

O ASNO E O CÃOZINHO

Um homem que tinha um cão de Malta e um asno passava o tempo brincando com o primeiro. Quando ia jantar fora, trazia um pedaço de carne e o dava ao animal, que vinha balançando o rabo. Um dia, tocado pela inveja, o asno foi ao encontro do dono e, querendo pular igual ao cão, terminou dando-lhe um coice. Furioso, o dono deu-lhe uma surra e ordenou que o amarrassem a um poste.

A cada qual sua maneira de ser.

A GRALHA E A ANDORINHA

A andorinha dizia à gralha:

– Eu sou virgem e ateniense, princesa e filha do rei de Atenas.

E pôs-se a contar sua história: Tereus, suas sevícias, e o episódio da língua cortada*. A gralha disse então:

– O que não ouviríamos se tivesses língua, porque mesmo sem ela ainda nos conta tantas histórias!

De tanto mentir, os loroteiros terminam se denunciando.

A ÁGUIA E A TARTARUGA

Uma tartaruga pediu a uma águia que a ensinasse a voar. Por mais que a águia lhe dissesse que ela não fora feita para isso, ela não desistia. A águia pegou-a então entre as garras e, voando bem alto, soltou-a das alturas. A tartaruga terminou se espatifando nos rochedos.

É assim que termina o insensato quando quer ser melhor do que o outro.

---

* Alusão à lenda das irmãs Filomela e Procne. Um dia, Tereus, o marido de Procne, violentou a cunhada Filomela e depois lhe cortou a língua para que ela não pudesse ficar se lamentando. Filomela, no entanto, bordou sua história num pedaço de pano que deu à irmã. Esta decidiu se vingar de Tereus, matou o filho que tivera com ele e deu-lhe para comer. Quando Tereus descobriu a verdade, quis punir as duas irmãs. Os deuses tiveram então piedade delas e transformaram uma numa andorinha e a outra num rouxinol.

O RIO E O COURO DE BOI

Um rio, cuja correnteza arrastava um couro de boi, perguntou-lhe como se chamava.

– Eu me chamo dureza – respondeu o couro.

O rio, então, arremessando-se contra ele com toda a sua fúria, disse:

– Procura um outro nome, porque daqui a pouco estarás bem molinho.

O infortúnio existe para dobrar os que não se vergam.

DIÓGENES E O HOMEM DO RIO

Durante uma viagem, Diógenes, o cínico, parou diante da correnteza de um rio. E ficou ali na margem, sem saber o que fazer, quando um homem que tinha o hábito de atravessar as pessoas, vendo-o indeciso, aproximou-se e, com sua bondade, colocou-o nos ombros para levá-lo à outra margem. Diógenes ficou constrangido por ser muito pobre e não ter como pagar-lhe. Estava assim absorto em seus pensamentos quando o homem, vendo um outro viajante com as mesmas dificuldades para atravessar o rio, correu até ele e ajudou-o a passar. Diógenes se aproximou dele e disse-lhe:

– Pelo que vejo, não posso lhe ser agradecido, pois o que fazes é antes fruto de uma mania que de um discernimento.

Quando prestas serviço tanto às pessoas honestas quanto aos néscios, terminas sendo visto não como um homem de boa vontade mas como um imbecil.

OS CARVALHOS E ZEUS

Os carvalhos acusavam Zeus:

– De que adiantou nos dar a vida? Estamos muito mais expostos a morrer sob o machado que as outras árvores.

Zeus disse então:

– Vocês mesmos são os responsáveis por sua desgraça: se não produzissem os cabos do machado e não fossem úteis aos carpinteiros nem aos camponeses, não seriam abatidos.

Insensato! Não acuses os deuses pelos males por que és responsável.

A RAPOSA E O LENHADOR

Uma raposa estava fugindo dos caçadores. Ao ver um lenhador, suplicou-lhe um esconderijo. O lenhador convidou-a a se esconder em sua cabana. Os caçadores não tardaram a chegar e perguntaram ao lenhador se não tinha visto passar uma raposa. Ele disse que não com a voz, mas apontou-lhes com o dedo onde ela estava escondida. Os caçadores não levaram o gesto em consideração, prestando atenção somente no que ele falara. Ao vê-los se afastar, a raposa saiu sem dizer uma palavra. O lenhador repreendeu-a:

– Veja só! Não tens nem mesmo uma palavra de agradecimento para quem te salvou?

A raposa respondeu:

– Eu diria obrigado se tuas palavras estivessem de acordo com teus gestos.

Só quem pensa em fazer o mal é que chama a atenção sobre suas virtudes.

O MEDROSO E OS CORVOS

Um rapaz medroso foi para a guerra. Ao ouvir o crocitar dos corvos, ele colocou as armas no chão e ficou completamente imóvel. Depois as retomou e foi embora. Os corvos crocitaram de novo, ele parou e disse:

– Não adianta vocês ficarem me agourando. Não lhes darei o prazer de saborear a minha carne.

Assim é o medroso.

A GRALHA E AS POMBAS

Uma gralha viu num pombal umas pombas bem gordinhas. Pintou então as plumas de branco e se foi para o meio delas. Enquanto ficou calada, as pombas, tomando-a como uma irmã, ficaram admirando-a. Mas, ao primeiro grito que ela deu sem querer, não reconheceram sua voz e a expulsaram. Ao ver que não ia poder comer o alimento das pombas, a gralha voltou para os seus. Quando chegou lá, não conseguiu ser reconhecida por causa da cor e foi expulsa. Assim, não realizou nem um de seus dois desejos.

Contentemo-nos com nossos próprios bens. A cobiça não leva a nada, a não ser a perder muitas vezes o que já possuímos.

O JAVALI, O CAVALO E O CAÇADOR

Um cavalo e um javali pastavam no mesmo campo. Como o javali destruísse o capim e sujasse sua água, o cavalo pediu a um caçador para acabar com ele:

– Eu te ajudarei – disse o caçador –, desde que eu te ponha um cabresto e monte em ti.

– Certo – disse o cavalo.

Foi assim que o caçador montou no cavalo e deu cabo do javali; depois, levou o cavalo para casa e o prendeu no estábulo.

Algumas pessoas sacrificam a própria liberdade para se vingar dos outros.

O EUNUCO E O PADRE

Um eunuco foi procurar um padre e pediu-lhe para fazer um sacrifício em seu favor para que ele pudesse ser pai.

– Quando vejo a oferenda para o sacrifício – disse-lhe o padre –, rezo para que te tornes pai, mas quando vejo como és feito, tenho dificuldade de acreditar que és um homem.

DOIS INIMIGOS

Dois inimigos mortais iam no mesmo barco. Um ia na popa, o outro na proa. Veio uma tempestade. Como o barco estava para naufragar, o que estava na popa perguntou ao piloto por onde o barco começaria a afundar.

– Pela proa – respondeu.

– Está ótimo – disse o outro –, a morte para mim não tem nada de triste se eu conseguir ver meu inimigo morrer antes de mim.

Pouco nos importam os dissabores quando a desgraça fere nossos inimigos.

A VÍBORA E A RAPOSA

Uma víbora estava sendo levada pela correnteza de um rio sobre um feixe de espinhos. Ao vê-la, a raposa que passava lhe disse:

– O piloto tem a nau que merece.

O LEÃO E O RATO

Um rato foi passear sobre um leão adormecido. Quando este acordou, pegou o rato. Já estava para devorá-lo quando o rato pediu-lhe para deixá-lo ir embora:

– Se me poupares – disse –, te serei útil.

E o leão, achando aquilo engraçado, soltou-o. Tempos depois, o leão foi salvo pelo rato agradecido. Ele fora capturado por caçadores que o amarraram a uma árvore. O rato o ouviu gemer: foi até lá, roeu as cordas e o libertou. E disse ao leão:

– Naquele dia zombaste de mim porque não esperavas que eu mostrasse minha gratidão; aprende então que entre os ratos também se encontra o reconhecimento.

Quando a sorte muda, os mais fortes têm necessidade dos mais fracos.

O VIAJANTE E O DESTINO

Cansado de tanto caminhar, um viajante caiu junto a um poço. Como adormecera e ia cair dentro, o Destino se aproximou, acordou-o e disse:

– Se tivesses caído dentro, não te culparias, mas a mim.

Na infelicidade, acusamos logo os deuses.

QUANDO OS ASNOS APELAM PARA ZEUS

Por não suportarem mais os pesados fardos que tinham de carregar, os asnos enviaram uma delegação a Zeus para que aliviasse suas penas. Mas Zeus quis que eles entendessem que isso era algo impossível e lhes disse:

– No dia em que vocês urinarem e daí nascer um rio, pararão de sofrer.

Os asnos levaram essas palavras a sério e, desde então, quando veem um companheiro urinando, param para urinar também.

Ninguém pode mudar seu destino.

O HOMEM QUE QUEBROU UMA ESTÁTUA

Um homem tinha em casa um deus de madeira e, como era pobre, suplicava-lhe para mudar sua vida. Mas, por mais que pedisse, não havia jeito de sair da pobreza. Enraivecido, pegou o deus pelas pernas e o jogou contra a parede. A cabeça do deus se partiu e de dentro começou a escorrer ouro. O homem pegou a estátua e exclamou:

– Tinhas de ser mau e obtuso! Quando eu te reverenciava, nada fizeste por mim, mas bastou eu te dar uma surra para me fazeres o bem.

É com pancada e não com homenagens que conseguiremos alguma coisa dos maus.

A ÁGUIA, O GAIO E O PASTOR

Do alto de um rochedo, uma águia caiu certeira sobre um carneiro e levou-o em suas garras. Invejoso de tal feito, um gaio achou que tinha de imitá-lo. Ao se lançar sobre a presa, caiu com estrondo sobre um carneiro. Suas garras se enroscaram na lã e ele ficou se debatendo, sem conseguir se desembaraçar. O pastor o viu, foi em seu socorro e lhe cortou a ponta das asas. Quando veio a noite, levou-o para seus filhos. Eles lhe perguntaram:

– Pai, que pássaro é este?

O pai respondeu:

– Que eu saiba, é um gaio, mas o que ele queria mesmo era ser uma águia.

Quem com o mais forte quer competir sem estar à altura termina fracassando e servindo de escárnio para os outros.

O NEGRO

Um homem comprou um negro achando que sua cor era resultado da falta de cuidado de seu amo anterior. Levou-o para casa, e lá, entregando-lhe todo o sabão que tinha, mandou-o tomar um banho para tentar clareá-lo. Mas não conseguiu modificar-lhe a cor e o único resultado de tanto trabalho foi fazer o negro ficar doente.

Assim nascemos, assim ficamos.

O CEGO

Um cego estava acostumado a reconhecer pelo tato todo animal que lhe dessem. Um dia lhe deram um lobinho. Depois de apalpá-lo, e como tivesse dificuldade de dizer que animal era, declarou:

– Se é o filhote de um lobo, de uma raposa ou de um animal dessa espécie, não sei; de uma coisa estou certo: não é animal que se deixe entre os carneiros.

Os maus sempre se comportam de tal maneira que logo os identificamos.

O MENTIROSO

Um homem estava caído, doente, em estado lastimável. Prometeu aos deuses cem bois se o salvassem. Para pô-lo à prova, os deuses apressaram sua cura. Uma vez refeito, como não tinha na realidade os bois, ele os fez de cera na quantidade prometida e os sacrificou no altar dizendo:

– Ó deuses, aceitai minha oferenda.

Mas os deuses, por sua vez, resolveram lhe pregar uma peça. Mostraram-lhe em sonho que encontraria mil dracmas se fosse até o mar. Louco de alegria, o homem correu até a praia. Lá caiu nas mãos dos piratas que o capturaram, o venderam e ainda lhe roubaram mil dracmas.

Mentirosos, cuidado.

O CAVALO E O PALAFRENEIRO

Ao palafreneiro que lhe roubava a cevada e ao mesmo tempo o acarinhava o dia inteiro, um cavalo declarou:

– Queres mesmo que eu seja belo? Não vendas mais a minha cevada.

Assim fazem as pessoas cúpidas: procuram seduzir os pobres com propostas insinuantes e bajulação, enquanto os priva do necessário.

A RÃ E O RATO

Um rato do campo criou fortes laços de amizade com uma rã. Esta teve a infeliz ideia de atar a pata do rato à sua. E foram juntos pelos campos para arranjar alimento. Quando chegaram à beira de um açude, a rã arrastou o rato para o fundo, lançando-se na água com espalhafato. O pobre do rato, de tanto beber água, morreu. Como seu cadáver flutuasse, amarrado que estava à pata da rã, um milhafre veio e o levou em suas garras. A rã foi forçada a ir com ele e terminou também na pança do milhafre.

Tua vítima, mesmo morta, pode ainda te punir; a justiça divina a tudo vigia e, com o olho na balança, dá a cada um o que merece.

O NÁUFRAGO E O MAR

Um náufrago, a quem as ondas tinham lançado na praia, caiu no sono de tão cansado. Pouco depois, acordou e, ao ver o mar, invectivou contra ele:

– Você seduz os homens com sua suavidade, mas, quando os acolhe, os mata sem dó nem piedade.

O mar, que estava disfarçado de mulher, disse:

– Amigo, não me culpes, mas ao vento: sou por natureza o que estás vendo; são os ventos que, soprando sobre mim de repente, me atiçam e me animalizam.

Não imputes a injustiça a quem a comete quando os verdadeiros responsáveis são os que estão por trás.

OS JOVENS E O AÇOUGUEIRO

Dois rapazes tinham ido comprar carne juntos. Aproveitando a distração do açougueiro, um deles pegou uns miúdos de galinha e os escondeu sob a roupa do amigo. Quando o açougeiro voltou-se para eles e não encontrou os miúdos que procurava, pôs-se a acusá-los. Mas ambos juraram que não os tinham roubado. Suspeitando da astúcia dos dois, o açougueiro disse-lhes:

– Vocês podem muito bem jurar falso para mim, mas os deuses sabem de tudo.

Por mais astucioso que seja, um falso juramento nunca deixa de ser um ato ímpio.

O CERVO E SEU FILHOTE

Um dia, o filhote de cervo disse ao pai:

– Pai, és mais rápido e maior que os cães; além disso, a natureza te deu chifres maravilhosos; como é possível então teres medo deles?

E o cervo respondeu rindo:

– É verdade, meu filho, e no entanto sei muito bem que, quando ouço um cão latir, isso é mais forte que eu e fujo.

Não adianta querer convencer os fracos.

O JOVEM PRÓDIGO E A ANDORINHA

Um jovem pródigo havia gasto todo o seu patrimônio. Só lhe restava agora um casaco. Ao ver uma andorinha – chegada prematuramente – achou que já era a primavera se anunciando e ele não precisava mais do casaco. Vendeu-o sem titubear. Algum tempo depois, vieram a chuva e o frio. E o rapaz caminhava pelos campos quando viu a andorinha: ela estava morta de frio.

– Fizeste mal a mim e a ti.

É perigoso agir sem refletir.

O DOENTE E O MÉDICO

– Como vais? – perguntou o médico a seu doente.

– Suei demais – respondeu o doente.

– Isso é bom – disse o médico.

Perguntado uma segunda vez sobre seu estado, o doente respondeu que tinha sentido violentos calafrios.

– Isso é bom – disse o médico.

Uma terceira vez, o médico apareceu e perguntou ao doente como ele ia.

– Agora estou com diarreia – respondeu o doente.

– Isso também é bom – disse o médico.

Quando um de seus parentes perguntou ao doente sobre sua saúde, ele disse:

– Estou morrendo de tanto ir bem.

Frequentemente as pessoas que nos são próximas se fiam nas aparências: o que elas tomam como sinal de nossa felicidade é na realidade o que nos faz mais sofrer.

AS LEBRES E AS RAPOSAS

As lebres, em guerra contra as águias, foram pedir socorro às raposas. Mas estas responderam:

– Nós as socorreríamos se soubéssemos quem são vocês e qual o seu inimigo.

Quem enfrenta alguém mais forte não dá valor à vida.

O MORCEGO, A SARÇA E A GAIVOTA

Um morcego, uma sarça e uma gaivota decidiram entrar para o comércio marítimo. O morcego tomou dinheiro emprestado num banco popular, a sarça arranjou as roupas e a gaivota a louça. Feito isso, estava tudo pronto. Mas veio uma violenta tempestade e o barco naufragou. Os três se salvaram, mas a carga foi a pique. Desde então a gaivota não sai da praia, esperando que o mar devolva sua louça; o morcego, com medo dos credores, não sai de dia, só à noite, para procurar alimento; já a sarça agarra na roupa de quem passa, na esperança de encontrar os seus.

Voltamos sempre ao que éramos antes.

O MOSQUITO E O TOURO

Um mosquito pousou no chifre de um touro e ficou ali um bom tempo. Quando ia sair, perguntou ao touro:

– Queres mesmo que eu vá embora?

O touro respondeu:

– Assim como não senti tua chegada, não vou sentir tua partida.

Aqui ou alhures, o insignificante não causa nem o bem nem o mal a ninguém.

O LEÃO, O ASNO E A RAPOSA

O leão, o asno e a raposa tinham caçado juntos e feito uma boa provisão. O leão deu ordem para dividi-la e o asno assim o fez. Dividiu tudo em três partes iguais e pediu ao leão para escolher a sua. Furioso, o leão saltou em cima do asno e o devorou. Depois, pediu à raposa para fazer a divisão. Ela juntou tudo e deixou só alguns pedaços para si.

– Agora é a sua vez – disse para o leão.

Este lhe perguntou quem lhe ensinara dividir assim.

– O triste destino do asno – respondeu a raposa.

A infelicidade de uns é fonte de sabedoria para outros.

O ASNO E SEU AMO

Um asno que conduzia seu amo trotava por um caminho fácil, mas depois pegou um caminho difícil, muito escarpado. Como ia caindo no fundo de um precipício, o homem agarrou-o pela cauda e fez tudo para o asno desistir da viagem. Mas o asno resistiu com todas as suas forças, de modo que o homem o largou dizendo: “Está bem, venceste, mas ao mesmo tempo encontraste tua derrota”.

A CORÇA CAOLHA

Uma corça caolha fora pastar à beira-mar. Com seu olho são, voltado para a terra, observava a vinda dos caçadores; quanto a seu olho cego, estava voltado para o mar, de onde nada podia vir. Mas uns marinheiros que cruzavam aquela região a viram e a abateram.

– Pobre de mim – disse a corça morrendo –; eu vigiava a terra, que acreditava cheia de perigos, e foi o mar, onde fui buscar abrigo, que me foi fatal.

Onde vês perigo, podes encontrar benefícios, e onde pensas ver salvação, esconde-se a perdição.

O CABRITO E O LOBO QUE TOCAVA FLAUTA

Um cabrito que não conseguia acompanhar o rebanho foi pego por um lobo.

– Sei bem, senhor lobo – disse ele voltando-se para seu predador –, que terminarei em tua boca, mas, para que eu não morra desonrado, toca tua flauta e dançarei.

O lobo estava tocando e o cabrito dançando quando os cães, alertados pelo barulho, acorreram e começaram a perseguir o lobo. Este se voltou para o cabrito e disse:

– Bem feito; quem me mandou, sendo açougueiro, querer bancar o flautista.

HERMES E A TERRA

Depois de ter feito o homem e a mulher, Zeus pediu a Hermes para conduzi-los à Terra e lhes mostrar onde eles deviam laborar para conseguir os meios de subsistência. Hermes cumpriu o pedido, mas a Terra ofereceu certa resistência. Hermes não transigiu:

– Foi Zeus quem mandou – disse ele.

– Eles podem lavrar o quanto quiserem – disse a terra –, mas pagarão caro por isso.

Às vezes suamos para pagar o que nos foi emprestado tão facilmente.

O LOBO E O ASNO

Promovido a chefe de sua raça, um lobo instituiu que, dali em diante, cada um devia colocar num determinado lugar o produto de sua caça, que iria ser dividido irmãmente por todos. Assim, a escassez de alimento não iria provocar mais nenhuma desavença entre eles. Nisso, um asno se aproximou e, balançando a crina, disse:

– Bela ideia, sobretudo porque vem de um lobo. Mas por que deixaste no teu covil a presa que caçaste ontem? Vamos, o que estás esperando para dividi-la com os outros?

E o lobo, sem saber o que dizer, aboliu a lei.

Assim acontece com alguns: suas leis parecem justas, mas eles próprios não a respeitam.

A ANDORINHA E OS PÁSSAROS

Nos primeiros dias da estação de caça, a andorinha sentiu o perigo que rondava seus irmãos. Convocou então os pássaros para uma assembleia e aconselhou-os a arrancar dos carvalhos as parasitas viscosas.

– No entanto – acrescentou –, se vocês não conseguirem fazer isso, vão até os homens e peçam-lhes para não recorrer ao visco para nos pegar.

Os pássaros riram, achando que a andorinha não estava bem do juízo. Ela, por seu lado, foi até os homens e pediu-lhes clemência. Eles a acolheram por vê-la tão inteligente e deram-lhe abrigo. A andorinha encontrou refúgio e proteção entre eles; já os outros pássaros foram pegos e serviram de alimento para os homens.

Quem sabe prever os perigos consegue se safar melhor.

A RAPOSA E O ESPANTALHO

Uma raposa entrou na casa de um ator. Ficou remexendo em seus pertences e encontrou uma cabeça de espantalho muito bem feita. Tomou-a entre as patas e exclamou:

– Que bela cabeça, mas é oca.

O mesmo se pode dizer das pessoas belas mas sem inteligência.

QUERELA INÚTIL

Dois homens brigavam para saber quem era o deus mais poderoso: Teseu ou Héracles. Isso provocou a ira dos dois que se vingaram atacando cada um o defensor do outro.

As querelas dos subordinados terminam excitando contra si a ira dos chefes.

O ASSASSINO

Um assassino era perseguido pelos pais de sua vítima. Quando chegou à beira do Nilo, um lobo lhe apareceu. Tomado de medo, subiu numa árvore para se esconder. Ao ver que um dragão ia atacá-lo, pulou dentro do rio onde um crocodilo o devorou.

Não há abrigo seguro para quem os deuses perseguem.

O BOIADEIRO E HÉRACLES

Um boiadeiro voltava para a aldeia em seu carro gemente e caiu numa ravina com seus bois e sua gente.

Grande devoto de Héracles, ficou ali parado implorando a seu deus para ajudar seus agregados.

"Inútil", disse-lhe o deus, "aos céus implorar se com o aguilhão teus bois não ferroar."

O VENTO E O SOL

O Vento e o Sol discutiam para ver quem era o mais forte. Ficou estabelecido que ganharia aquele que conseguisse arrancar o casaco de um viajante. O Vento começou: pôs-se a soprar violentamente e, como o homem segurasse o casaco com força, ele redobrou os ataques. Transido de frio, o viajante pôs um segundo casaco, de modo que o Vento, desencorajado, deu a vez ao Sol. Este a princípio brilhou moderadamente e o homem tirou o segundo casaco. O Sol lançou então seus raios mais fortes e, assim, sem suportar mais o calor, o viajante tirou toda a roupa e se jogou num rio próximo.

Conseguirás o que queres pela persuasão, não pela violência.

O ASNO E O CÃO

Um asno e o cão viajavam juntos. Encontraram no chão uma carta lacrada. O asno a pegou, arrancou o selo, abriu-a e leu-a para o cão. A carta falava da alimentação do gado, ou seja, do feno, da cevada e da palha. E, como a leitura do asno o cansasse, o cão disse:

– Lê mais embaixo, meu amigo, e vê se fala de ossos e de carne.

Depois de percorrer toda a carta e não encontrar nada do que o cão queria, este disse:

– Joga fora esse papel sem nenhum valor.

AS LEBRES E AS RÃS

Numa assembleia, as lebres se queixavam de levar uma vida insegura e cheia de muito medo. Elas eram as presas preferidas dos homens e dos cães, das águias e de muitos outros animais. Era melhor morrer de uma vez por todas do que viver assim aterrorizadas. Uma vez tomada essa decisão, como se fossem só uma, correram para o açude para se afogar. Mas, ao ouvir aquele atropelo, as rãs, sentadas em volta do açude, logo se jogaram dentro. Uma lebre, que parecia ser mais inteligente que as outras, disse às companheiras:

– Parem! Não façam isso. Vejam que existe alguém ainda mais medroso que nós.

As desgraças dos outros são um consolo para as nossas.

O JARDINEIRO E OS LEGUMES

Ao ver um jardineiro regando suas plantas, um transeunte parou para lhe perguntar por que os seus legumes eram belos e grandes, enquanto os dele eram mirrados e feios.

– A terra – respondeu o jardineiro –, para uns é uma mãe, para outros uma madrasta.

O mesmo acontece com as crianças quando são alimentadas ou não por sua mãe.

O TOCADOR DE CÍTARA

Acompanhando a si mesmo com uma cítara, um cantor medíocre vivia cantando entre quatro paredes. Ouvindo o eco, achou sua voz muito bela. Ficou tão vaidoso que achou ter sido feito para o teatro. Mas, uma vez em cena, cantou tão mal que foi expulso a pedradas.

Muitos oradores parecem perfeitos entre quatro paredes, mas são um fracasso quando em contato com o grande público.

O TORDO

Um tordo ciscava num bosquezinho de mirtos: como abandonar frutos tão saborosos? Seu gosto por aquele local não tinha escapado a um caçador que o espiava. Terminou capturado. Quando estava prestes a morrer, o tordo exclamou:

– Pobre de mim, que fui vítima de minha gulodice!

O devasso é vítima de seus excessos.

OS LADRÕES E O GALO

Uma casa foi invadida por ladrões. Seu butim se reduziu a um galo que levaram ao deixar o local. Iam sacrificá-lo quando a ave lhes pediu o seguinte:

– Deixem-me ir embora; já não faço o bem aos homens quando os acordo à noite para irem ao trabalho?

E os ladrões responderam:

– Uma razão a mais para te matar. Acordando-os, nos impedes de roubar.

O virtuoso vê o bem onde o celerado vê um obstáculo.

O ESTÔMAGO E OS PÉS

Os pés diziam que eram mais fortes que o estômago:

– Queres uma prova? Somos nós que te transportamos.

– Meus queridos – respondeu o estômago –, sem o alimento que lhes dou, vocês não poderiam carregar nada sozinhos.

Assim, num exército, a quantidade de soldados não vale nada se não houver um general com as melhores ideias.

O MILHAFRE QUE RELINCHAVA

Em tempos idos, o milhafre tinha uma voz muito estridente. Mas um dia ele ouviu um cavalo relinchar belamente. Quis imitá-lo: seus grandes esforços para acompanhar a voz do cavalo só o levaram a perder a própria voz. Assim, ao fim e ao cabo, ele não tinha mais nem a voz do cavalo nem a do milhafre.

O homem insatisfeito e invejoso perde o que a natureza lhe deu ao ambicionar o que ela lhe recusou.

O CAÇADOR E A SERPENTE

Um caçador partiu para a caça levando visco e algumas ramagens. Viu então um tordo numa árvore e quis pegá-lo. Colocou os ramos uns sobre os outros e, sem desgrudar os olhos do pássaro, nem percebeu que pisara numa serpente. Esta se retorceu e destilou seu veneno. Ferido de morte, o caçador exclamou:

– Pobre de mim, que, ao perseguir minha presa, não vi que a morte estava nos meus calcanhares.

Quem põe armadilha para os outros termina sendo sua primeira vítima.

O VELHO CAVALO

Um velho cavalo foi comprado para fazer girar um moinho. Uma vez atrelado à mó, ele disse gemendo:

– Depois de ter girado pelos campos de corrida terminar desse jeito!

Quando somos jovens e belos, tudo nos parece possível; mas é bom não nos vangloriarmos. Para muitos, a velhice é um tempo de dureza.

O GATO E OS RATOS

Havia muitos ratos numa casa; um gato, ao saber disso, foi para lá. Pegava um rato atrás do outro e os devorava. Uma hecatombe. Os ratos então fugiram para os buracos distantes do alcance do gato. Este pensou num jeito de fazê-los sair. Subiu numa estaca, fingiu enforcar-se e parecia estar morto. Um rato, que naquele momento estava saindo do buraco, ao vê-lo, disse:

– Ah, só sairei daqui quando virares pó.

O homem sensato, depois de sofrer os golpes do mau, não se deixa levar por seus fingimentos.

A CABRA E O PASTOR

Um pastor chamava as cabras para o estábulo. Como uma delas parou para devorar um arbusto saboroso, o pastor lhe jogou uma pedra. Foi tão certeiro que lhe quebrou um chifre. Ele pediu à cabra que não dissesse nada a seu dono. Mas a cabra retrucou:

– Mesmo que eu fique calada, como esconder a verdade? Quem não veria meu chifre quebrado?

Não há desculpas diante das evidências.

O HOMEM DE MÁ-FÉ

Um homem sem fé nem lei tinha apostado que desmascararia o oráculo de Delfos. No dia combinado, pegou um pardalzinho e o escondeu sob o casaco. Ao chegar ao santuário, postou-se diante do oráculo e perguntou se o que ele tinha na mão era ou não um ser vivo. Se o deus dissesse "um objeto inanimado", mostraria o pardal vivo, e se ele dissesse que era um "ser vivo", mostraria o passarinho depois de tê-lo estrangulado. Mas o deus adivinhou sua deslealdade:

– Chega! O que tens na mão, vivo ou morto, depende de ti.

É difícil pegar um deus em falta.

A GRALHA FUJONA

Um homem pegou uma gralha. Amarrou-lhe um barbante nas patas e depois deu-a a seu filho. Viver entre os homens, que tédio para a gralha! Quando teve um momento de liberdade, fugiu em direção a seu ninho. Mas o barbante se prendeu nos galhos de uma árvore e seu voo foi interrompido. Como ia morrer, disse para si mesma:

– Pobre de mim, que, por não ter querido ser escrava dos homens, condenei-me à morte.

Quando fugimos dos pequenos perigos, caímos sem querer em perigos maiores.

O LEÃO E O ONAGRO

Um leão e um onagro caçavam, um usando sua força e outro sua rapidez. No fim da caça, o leão dividiu-a em três porções:

– A primeira – disse ele –, é minha de direito: sou o rei dos animais. A segunda é minha pela mesma razão. Quanto à terceira, será tua infelicidade se não deres o fora agora mesmo.

Mede tuas próprias forças para não entrares em confronto com quem é mais forte que tu.

A CADELA E A PORCA

Uma cadela e uma porca trocavam insultos um atrás do outro.

– Por Afrodite – jurava a porca –, eu vou te devorar com o maior prazer.

– Fazes bem – disse a cadela –, jurar por Afrodite: vê-se claramente que, entre todos, és a mais querida por ela, que proíbe a entrada no templo de todos os que comeram de tua carne suja.

A porca retrucou:

– É mais uma prova de seu amor por mim: ela usa de todos os meios para dissuadir os homens de me matar ou de me maltratar. Quanto a ti, fedes, estejas viva ou morta.

Os oradores hábeis sabem transformar o insulto em elogio.

AS VESPAS, AS PERDIZES E O CAMPONÊS

Como as vespas e as perdizes estavam sedentas demais foram pedir a um camponês água para beber.

– Seremos sempre agradecidas – prometeram elas. – Nós, as perdizes, capinaremos tuas vinhas; nós, as vespas, vigiaremos os ladrões com nossos ferrões.

– Verdade seja dita – falou o camponês –, tenho dois bois que fazem tudo sem prometer nada; é melhor dar água a eles que a vocês.

Cuidado com as promessas dos espertalhões!

O MACACO E O GOLFINHO

Os marinheiros têm o hábito de levar a bordo cãezinhos de Malta e macacos: esses animais os distraem enquanto navegam. Por isso um homem viajava em companhia de um macaco. Ora, no altura do cabo Súnio, no sul da Ática, estourou uma violenta tempestade. O navio naufragou e todos, o macaco inclusive, viram-se às voltas com as ondas. Um golfinho viu o animal e, achando que se tratava de um homem, colocou-o nas costas e levou-o à terra firme. Ao chegar a Pireu, o porto de Atenas, o golfinho perguntou ao macaco se ele era ateniense.

– Sim – respondeu o macaco –, e de boa origem.

– E conheces o Pireu? – perguntou o golfinho.

– É um dos meus melhores amigos – respondeu o macaco.

A impostura desagradou ao golfinho: mergulhou no mar profundo e o macaco morreu.

Isto é uma advertência àqueles que, ignorando a verdade, procuram enganar os outros.

O CARRO DE HERMES E OS ÁRABES

Percorrendo a Terra com seu carro cheio de mentiras, astúcias e enganos, Hermes examinava a carga para distribuí-la igualmente entre todos os povos. Mas, quando chegou à Arábia, o carro quebrou-se inesperadamente. Os habitantes pilharam a carga como se se tratasse de bens preciosos e o deus interrompeu ali sua viagem.

Entre todos os povos, os árabes são os mais espertos e mentirosos: a verdade não fala por sua boca.

A LIMA E A DONINHA

Uma doninha entrara no ateliê de um ferreiro e se pôs a lamber uma lima que estava no chão. Sua língua começou a sangrar abundamente. Ela não se deu por vencida, achando que era o ferro que estava sendo comido. Quando se deu conta, estava sem a língua.

Quem gosta de uma contenda trabalha pela própria desgraça.

O CAMPONÊS E A ÁGUIA

Um camponês encontrou uma águia presa numa armadilha. Achando-a tão bela, deu-lhe a liberdade. A águia mostrou-se grata. Um dia viu o camponês descansando encostado numa parede. Lançou-se em sua direção e arrancou-lhe o turbante da cabeça. O homem se levantou e pôs-se a perseguir o pássaro. Este deixou cair o turbante. O camponês o pegou de volta e, ao retornar, viu que a parede tinha ruído justamente onde ele estava antes. Grande foi sua admiração por esse gesto de reconhecimento.

Quando receber um bem, saiba retribuí-lo.

O CAVALO, O BOI, O CÃO E O HOMEM

Quando o homem saiu das mãos de Zeus, estava destinado a uma vida breve. Usando sua inteligência, quando veio o inverno, ele construiu uma casa e a habitou. Nesse ínterim, o frio foi tão intenso, e Zeus fez chover tão forte, que o cavalo, sem forças, foi procurar abrigo na casa do homem. Este disse que só o receberia se ele lhe desse uma parte dos anos que tinha para viver. O cavalo os cedeu com prazer. Pouco depois apareceu um boi, acossado também pelo mau tempo. O homem lhe disse a mesma coisa: só o receberia se em troca ele lhe cedesse alguns anos de sua vida. Concluído o negócio, o boi entrou. Finalmente chegou o cão, morrendo de frio. Teve de ceder ao homem alguns anos de sua vida. Por isso que os homens vivem puros e bons durante o tempo que Zeus lhes deu. Quando chegam aos anos cedidos pelo cavalo, eles fanfarronam, cheios de altivez; quando chegam os anos do boi, ficam autoritários. Enfim, quando terminam a vida com os anos do cão, rosnam raivosamente por um sim ou por um não.

Isto é para ti, velho rabugento.

O VELHO E A MORTE

Carregando a madeira que acabara de cortar, um velho ia por uma longa estrada. Cansado, depositou no chão o seu fardo e pediu que a Morte lhe aparecesse. A Morte apareceu:

– Por que me chamaste?

E o velho:

– Para que leves meu fardo.

Por mais difícil que seja a vida, ninguém quer deixá-la.

O CORVO E A RAPOSA

Um corvo roubou um pedaço de carne e foi para o alto de uma árvore. Uma raposa, ao vê-lo, logo quis se apossar do pedaço de carne. Ao pé da árvore, pôs-se a louvar a beleza e a graça do corvo:

– Quem, além de ti, pode ser o rei dos animais? Bastava que tivesses voz.

O corvo, querendo mostrar que não era mudo, deixou cair o pedaço de carne e começou a emitir ruídos. A raposa abocanhou a carne e disse:

– Ora, senhor corvo, se também fosses inteligente, não faltaria nada para seres o rei dos animais.

Tolos, atenção!

O LOBO E O PASTOR

Um lobo acompanhava tranquilamente um rebanho de carneiros. No começo, o pastor o vigiava como a um inimigo e o observava com o canto do olho. Mas, como o lobo o acompanhasse sempre sem dar o menor sinal de agressividade, ele disse para si mesmo que havia ali antes um guarda que um inimigo mal-intencionado. Foi por isso que, ao ser chamado para resolver alguns problemas na cidade, o pastor deixou seus carneiros com o lobo e se foi. O lobo viu o momento propício: lançou-se sobre os carneiros e estraçalhou quase todos. De volta, o pastor viu seu rebanho dizimado e exclamou:

– Pobre de mim! É a justiça. Como fui confiar meus carneiros a um lobo?

Quem confia seus bens a quem só pensa em lucro está apostando na perda.

O MENINO AFOGADO

Um garoto que tomava banho num rio estava prestes a se afogar. Pediu socorro a um homem que passava. Este se pôs a passar uma descompustura no menino por causa de sua afoiteza.

– Primeiro me salva – gritou o menino –, e só depois me dês o carão.

O DEPOSITÁRIO E O JURAMENTO

Um homem estava pensando em ficar com o dinheiro que um amigo lhe tinha confiado. Assim que soube que esse amigo queria que ele prestasse juramento, conseguiu escapar, fugindo para o campo. Ao chegar às portas da cidade, viu um coxo. Perguntou-lhe quem era e aonde ia.

– Eu sou o Juramento e persigo quem falta à palavra.

O homem quis saber mais:

– Normalmente, depois de quanto tempo o senhor volta a cada cidade?

– Trinta ou quarenta anos, depende – respondeu o Juramento.

No dia seguinte, sem mais tardar, o homem jurou que não tinha recebido nenhum dinheiro para guardar. Mas encontrou o Juramento, que o levou à beira de um precipício.

– Mas como! – exclamou ele. – O senhor me disse que voltaria ao fim de trinta anos e já no outro dia está aqui!

O Juramento respondeu:

– Saibas que, quando alguém me contraria, tenho por hábito voltar no mesmo dia.

O PAI E SUAS FILHAS

Um homem havia dado suas filhas em casamento, uma a um hortelão, a outra a um oleiro. Depois de algum tempo, foi ver a primeira:

– Como vais – quis saber ele –, e como vão teus negócios?

– Vai tudo bem – respondeu ela –, só há uma coisa que peço aos deuses: que chova para regar meus legumes.

Pouco depois, foi à casa da segunda. Mesmas perguntas.

– Estou feliz – disse ela –, e meu único desejo é que o tempo continue bom e que o sol brilhe para secar a cerâmica.

O pai então falou:

– Se tu queres o tempo bom e tua irmã a chuva, com qual das duas eu fico?

Querer ao mesmo tempo fazer uma coisa e o seu contrário é a melhor maneira de não conseguir fazer coisa nenhuma.

A POMBA SEDENTA

Uma pomba sedenta viu uma taça de água pintada num quadro. Tomando-a como verdadeira, arremessou-se contra o quadro, fazendo um grande ruído com as asas. O que aconteceu? Quebrou as asas e caiu ao chão onde foi pega por um transeunte.

Há pessoas que, impelidas por um grande desejo, se lançam impensadamente em grandes empresas sem saber que estão a caminho de sua própria perdição.

O LEÃO E O ASNO

O leão e o asno tinham se unido para caçar. Chegaram a uma caverna onde estavam algumas cabras selvagens. Enquanto o leão, postado na entrada, observava a saída dos animais, o asno se precipitou sobre elas, zurrando para assustá-las. Depois que o leão havia pego a maior parte delas, o asno reapareceu e perguntou-lhe:

– Viu como eu as combati bravamente e as pus para correr?

– Repara – respondeu o leão –, eu também teria tido medo se não soubesse que eras tu, asno, que estavas zurrando.

Tuas gabolices, certamente, farão rir os que te conhecem.

O CAVALO E O ASNO

Um homem tinha um cavalo e um asno. Um dia, quando caminhavam juntos por uma estrada, o asno disse ao cavalo:

– Se minha vida te importa, leva um pouco de meu fardo.

Mas o cavalo não se deixou levar pela conversa e o asno caiu morto. O dono então pôs toda a carga nas costas do cavalo, inclusive os despojos do asno morto. E o cavalo pôs-se a lamentar seu destino aos brados:

– Como sou infeliz! Que triste destino o meu! Não quis levar uma parte da carga do asno e agora estou levando tudo em dobro, e como prêmio a pele do outro.

O HOMEM E O SÁTIRO

Contam que um homem tinha feito amizade com um sátiro. Quando veio o inverno e seu frio intenso, o homem levava as mãos à boca e soprava para aquecê-las.

– O que fazes? – perguntou o sátiro.

– Estou aquecendo minhas mãos – respondeu ele – porque está fazendo frio.

Mais tarde, os dois foram jantar Como o prato que tinham servido estava muito quente, o homem ia pegando pequenos bocados e soprando sobre eles.

Perguntado uma segunda vez pelo sátiro, ele explicou que estava esfriando a comida.

– Ora veja – disse-lhe o sátiro –, não quero tua amizade, pois usas do mesmo artifício para o quente e para o frio.

Guardemo-nos dos amigos que fazem jogo duplo.

O HOMEM QUE QUERIA COMPRAR UM ASNO

Um homem estava querendo comprar um asno e levou-o para testá-lo. Colocou-o entre os que já tinha e pôs-lhe um cabresto. Mas o animal, abandonando a companhia dos outros, preferiu ficar com o mais preguiçoso e o mais glutão de todos. Como não fazia nada, o homem passou-lhe uma corda no pescoço e foi devolvê-lo a seu dono. Este perguntou se a experiência tinha sido boa.

– Nem precisei pô-lo à prova. Sei que ele se parece com o companheiro que escolheu – respondeu o homem.

Somos julgados por nossas companhias.

O PESCADOR

Um pescador estava pescando num riacho. Jogara a rede de uma margem à outra e com uma pedra amarrada numa corda pôs-se a bater na água. Os peixes em fuga, pensou ele, iriam cair nas malhas de sua rede. Ao vê-lo agir assim, um morador das redondezas repreendeu-o:

– Assim nos impedes de beber água limpa.

O pescador retorquiu:

– Sim, mas se eu não remexer a água vou morrer de fome.

Os demagogos seguem em frente à custa dos transtornos que provocam.

O ALCIÃO

O alcião é um pássaro marinho que procura os lugares ermos. Dizem que, para se livrar dos caçadores, ele faz o ninho nos rochedos à beira-mar.

Um dia, um alcião que queria pôr seus ovos seguiu um promontório e, tendo visto um rochedo batido pelas ondas, fez ali seu ninho. Tendo saído à procura de alimento, aconteceu que o mar, agitado por um vento fortíssimo, alcançou o ninho, inundou-o e matou os filhotes do alcião. Quando voltou, o pássaro, ao ver o que tinha acontecido, exclamou:

– Pobre de mim! Para fugir das armadilhas da terra, refugiei-me no mar, onde perigos maiores me esperavam.

Ao fugir de nossos inimigos, nem sabemos que estamos indo a caminho de amigos ainda mais temíveis.

AS RAPOSAS

As raposas reuniram-se um dia à margem do Menandro para matar a sede. A corrente era forte e nenhuma delas ousava mergulhar, embora cada uma encorajasse a outra. Uma delas fez um discurso.

Atacou as companheiras, zombou de sua covardia e, tendo exaltado sua própria bravura, pulou na água. A correnteza veio e logo a arrastou. As outras, que estavam na margem, gritaram:

– Não nos abandones, volta para nos dizer onde podemos beber água a salvo.

O animal, levado pela correnteza, respondeu:

– Estão me esperando em Mileto, pois tenho negócios a resolver lá. Na volta, lhes direi.

Assim agem os fanfarrões contumazes.

OS VIAJANTES E AS TOUCEIRAS

Alguns homens que viajavam pela praia chegaram ao alto de uma duna. Avistaram então umas touceiras flutuando ao longe e pensaram que se tratava de algum navio importante. Mas, quando o vento trouxe as touceiras para mais perto, acharam que era um barco com um pescador. Finalmente, quando viram as touceiras chegar à margem, disseram uns para os outros:

– Foi por isso que esperamos tanto tempo!

Determinada pessoa que nossa ignorância transformou em alguém temível revela-se na realidade insignificante.

OS LOBOS E O VELHO CARNEIRO

Os lobos enviaram uma embaixada aos carneiros:

– Entreguem-nos os cães para que os matemos; em troca, faremos com vocês uma paz perpétua.

Os cordeiros, em sua idiotice, não souberam responder nada. Mas um velho carneiro disse aos lobos:

– Como vou confiar em vocês se mesmo com os cães nos guardando não posso pastar tranquilo?

Não te desfaças daquilo que te dá segurança baseado na palavra de teus inimigos jurados.

O CÃO, O GALO E A RAPOSA

Um cão e um galo que tinham feito amizade iam juntos por uma estrada. Quando veio a noite, o galo subiu numa árvore, enquanto o cão se aninhou no oco do tronco. Adormeceram. Como de costume, o galo cantou antes de o dia nascer. Uma raposa, escutando-o, correu até a árvore e pediu para ele descer: queria beijar um animal de voz tão bela. O galo respondeu-lhe:

– Acorde antes o porteiro que está dormindo ao pé da árvore. Quando ele acordar, descerei.

Quando a raposa foi conversar com o cão, ele saltou sobre ela e a despedaçou.

Quando nossos inimigos nos atacam, astuciosamente mandemos que se entendam com os mais fortes que eles.

O CORVO E A SERPENTE

Um corvo faminto viu uma serpente que dormia ao sol. Lançou-se sobre ela e a levou pelos ares. Mas a serpente tanto se retorceu que conseguiu picá-lo. Quando estava morrendo, o corvo exclamou:

– Pobre de mim, que encontrei a morte em achado tão belo!

Se descobrires um tesouro, cuidado com tua vida.

O CAMPONÊS E A ÁRVORE

Nas terras de um camponês, nascera uma árvore que não dava nenhum fruto: servia apenas para abrigar os pardais e as cigarras que cantavam. Por isso o camponês resolveu cortar aquela árvore estéril. E, já com um machado na mão, ao dar o primeiro golpe, as cigarras e os pardais pediram para não destruir seu abrigo:

– Poupa-o para que possamos continuar a encantar-te com nossos cantos.

Sem se importar com tal pedido, o homem deu um segundo golpe com o machado, depois um terceiro. Foi quando encontrou no oco da árvore um enxame de abelhas e mel. Antes mesmo de saboreá-lo, jogou longe o machado, tratou a árvore como se fosse sagrada e a cercou de cuidados.

Assim somos nós: temos mais pressa em salvar os ganhos que fazer justiça.

ZEUS E A TARTARUGA

Para celebrar suas núpcias, Zeus tinha convidado todos os animais para participar do banquete. Só a tartaruga não foi. No outro dia, Zeus quis saber os motivos de sua ausência:

– Todos os animais vieram. Por que só tu não vieste?

A tartaruga respondeu:

– Não há melhor casa que a minha.

Zeus, irritado com ela, deu-lhe o castigo de carregar nas costas a casa por onde quer que fosse.

Muita gente prefere viver modestamente em sua casa que na opulência em casa alheia.

O LEÃO, A RAPOSA E A CORÇA

O leão estava muito doente e disse à raposa, sua boa amiga:

– Quer que eu fique curado e viva? Vá buscar a grande corça que mora na floresta, convença-a com suas doces palavras e traga-a para mim: preciso de suas vísceras e de seu coração.

A raposa se foi e encontrou a corça correndo pelos campos. Saudou-a amavelmente e disse-lhe:

– Vou lhe dar uma boa notícia. Sabe que nosso rei, o leão, é meu vizinho. Ele está doente, quase morrendo. Ele se perguntou que animal seria o rei após sua morte. O javali, disse ele, é meio roliço; o urso, preguiçoso; a pantera, irritadiça; o tigre, fanfarrão. A corça, concluiu ele, é a mais digna de reinar: tem um porte esbelto, vive muito e tem chifres temíveis. Em suma: você foi a escolhida. Que adianta ter sido a primeira a lhe dar essa notícia? Prometa-me uma coisa: tenho medo de que ele me chame. Ele precisa sobretudo de meus conselhos. E agora, vá até lá e assista-o em seus últimos instantes.

A corça, ouvindo isso, se deixou levar pelos elogios e foi até a gruta do leão sem saber o que a esperava. Mal chegou e a fera foi logo saltando sobre ela. Mas só conseguiu rasgar-lhe as orelhas com suas garras. A corça fugiu em desabalada carreira pelo campo. A raposa esfregou as patas de raiva: tanto trabalho para nada! Quanto ao leão, lamentava-se rugindo, acossado pela fome e pela amargura: precisava mais uma vez que a raposa usasse de sua astúcia para trazer a corça de volta.

– O senhor está me dando uma tarefa difícil e penosa – disse a raposa –, mas vou me esforçar.

E, como um cão de caça, pôs-se atrás da corça, tramando mil maneiras de trazê-la para o leão. Perguntou aos pastores se não tinham visto uma corça ensanguentada. Eles mostraram o lugar da floresta onde ela estava. A raposa encontrou a corça descansando e foi direto ao assunto. A corça exclamou, o pelo eriçado de raiva:

– Mentirosa, pensa que vai me pegar de novo! Mais um passo e morre. Para alguns, as suas astúcias, para outros, os ingênuos, oferece um reino e os faz perder a cabeça com suas belas palavras.

Mas a raposa respondeu:

– Você é assim tão covarde e fraca? É assim que nos julga, nós, seus amigos? Quando o leão pegou suas orelhas, como alguém que sabe que vai morrer, ele queria lhe dar conselhos e instruções para o seu reino glorioso. E você nem conseguiu suportar o arranhão da pata de um doente. Agora ele está com mais raiva ainda de você. O lobo é que vai ser o rei dos animais. É uma pena! O lobo malvado! Vamos, venha, não tenha medo. Juro por todas as folhas e por todas as fontes, o leão não lhe fará mal nenhum. Quanto a mim, estou à sua inteira disposição.

A raposa conseguiu assim levar a corça de volta ao leão. Quando ela entrou no covil, foi logo abocanhada. O leão devorou tudo: ossos, tutano, vísceras. A raposa ficou só olhando, mas ao ver o coração da corça no chão pegou-o discretamente e o comeu para recompensar seu trabalho. Na mesma hora, o leão, ao não encontrá-lo entre os outros pedaços do animal, reclamou. A raposa, mantendo-se a distância, disse-lhe:

– Na verdade, essa corça não tinha coração: não o procure mais. Como teria um coração de corça* quem, por duas vezes, voltou ao antro de um leão para cair nas suas garras?

O amor pela glória perturba o espírito e nos deixa cegos diante dos perigos.

O ASNO, A RAPOSA E O LEÃO

Um asno e uma raposa que tinham ficado muito amigos foram à caça. Um leão apareceu no caminho. Vendo o perigo que os ameaçava, a raposa se aproximou do leão e prometeu entregar-lhe o asno:

– Prometa-me, em troca, me deixar viva.

O leão prometeu e a raposa se empenhou para fazer o asno cair na armadilha. Mas o leão, vendo que o asno já estava ganho, pegou primeiro a raposa para depois se ocupar do asno.

Quem confia no sócio está trabalhando pela própria derrota.

---

* Comer o coração de um animal e em particular um "coração de corça" significa, em grego, ser covarde. Ver, por exemplo, *Ilíada*, I, 225.

O PASTOR E O LOBO

Um pastor encontrou um lobo recém-nascido. Levou-o para casa e o criou com um de seus cães. O lobinho logo cresceu. Desde então, quando um lobo roubava uma ovelha, ele se juntava aos cães para escorraçá-lo. E, se acontecia de os cachorros não conseguirem pegar o lobo e voltarem de mãos abanando, ele continuava a perseguição até o fim e dividia a ovelha com seus companheiros de raça. Só depois disso retornava. No entanto, quando nenhum lobo vinha roubar uma ovelha, ele mesmo a matava escondido e se saciava junto com os cães. Mas o pastor terminou sabendo dos fatos e matou o lobo enforcando-o numa árvore.

De semente ruim não nascem bons frutos.

ZEUS, PROMETEU, ATENA E MOMOS

Zeus, Prometeu e Atena, tendo feito, respectivamente, o touro, o homem e uma casa, foram a Momos para que ele julgasse seus trabalhos. Mas Momos ficara com inveja e começou a dizer que Zeus tinha se enganado, que ele deveria ter colocado os olhos do touro na ponta dos chifres a fim de que ele visse onde estava batendo. Que Prometeu deveria ter posto o coração do homem do lado de fora para que os maus fossem reconhecidos e os pensamentos de cada um ficassem bem visíveis. Que Atena, enfim, deveria ter colocado a casa sobre rodas para que a gente pudesse se distanciar de um vizinho indelicado. Zeus, então, indignado, expulsou-o do Olimpo.

Não há nada, por mais perfeito que seja, que não seja passível de correção.

O DEVEDOR ATENIENSE

Ao credor que o pressionava para ter sua dívida saldada, um ateniense, cuja bolsa, dizia ele, estava vazia, pediu um prazo. Como o outro não quisesse desculpa, o ateniense pegou a única porca que possuía e, diante do credor, pô-la à venda. Veio um comprador que lhe perguntou se a porca era fértil.

– Se é fértil? – disse o ateniense. – É até demais! Nos Mistérios*, ela dá à luz fêmeas, e nas Panateneias**, machos.

Como o comprador ficou meio perplexo com essa explicação, surpreso, o credor acrescentou:

– Isso não é nada. Imagine, ela lhe dará cabritos nas Dionisíacas***!

Quando o interesse está em jogo, algumas pessoas dão o seu aval para as coisas mais estapafúrdias.

O ROUXINOL E A ANDORINHA

– Segue meu conselho, imita-me – dizia a andorinha ao rouxinol –; vem viver com os homens em suas casas.

O rouxinol lhe respondia:

– Prefiro morar nos lugares desertos a fim de não me lembrar de minhas antigas desgraças.

Quando conhecemos a infelicidade, procuramos evitar sobretudo o lugar onde fomos por ela tocados.

---

* Festas em honra de Deméter, deusa da fecundidade.

** Festas em honra de Atena, deusa fundadora de Atena.

*** Festa em honra de Dionísio.

A RAPOSA E O MACACO

Um macaco e uma raposa que viajavam juntos discutiam para saber quem era o mais nobre. Ao chegar em determinado lugar, o macaco fixou o olhar num ponto e começou a soluçar.

– Que é que há contigo? – perguntou-lhe a raposa.

Apontando os túmulos, o macaco respondeu:

– Como não chorar diante das estelas dos meus pais, que foram escravos e alforriados?

A raposa retrucou:

– Podes mentir à vontade. Nenhum deles se levantará para dizer que estás mentindo.

Os mentirosos dizem o que querem quando não há ninguém por perto para desmenti-los.

O CAMPONÊS E OS CÃES

Um camponês ficou preso em seu estábulo pela tempestade. Como não podia sair para procurar alimento, começou a comer seus carneiros. Como a tempestade continuasse, devorou as cabras. No terceiro dia, como não houvesse melhora, matou os bois de arado. Vendo-o agir assim, os cães falaram entre si:

– Vamos embora, pois se o nosso dono não hesitou em matar os bois, por que iria nos poupar?

Resguardemo-nos de quem não hesita em fazer o mal a seus próximos.

O CORVO E HERMES

Um corvo pego numa armadilha prometeu a Apolo oferecer-lhe incenso. Mas, uma vez fora de perigo, esqueceu a promessa. Pego de novo, abandonou Apolo e fez uma promessa a Hermes. Este lhe respondeu:

– Miserável! Como vou confiar em você, que renegou e lesou seu mestre?

Você foi ingrato para com seus benfeitores? Não conte com a ajude deles quando estiver em apuros.

A GALINHA DOS OVOS DE OURO

Um homem tinha uma galinha que punha ovos de ouro. Achando que por dentro ela era só ouro, matou-a, mas não encontrou nada de diferente das outras galinhas. Assim, em vez de descobrir o enorme tesouro que esperava, perdeu até o pequeno lucro que ela lhe dava.

Cuidado com a ambição. Contenta-te com o que já tens.

ZEUS E O TONEL DE BENS

Zeus colocou todos os bens num tonel que enviou ao homem. Este, curioso por natureza, quis saber o que havia ali dentro. Levantou a tampa. E os bens voaram para os céus.

Aos homens só restou a esperança, que lhes promete de volta os bens perdidos.

A CAUDA E O CORPO DA SERPENTE

Um dia, a cauda da serpente quis ir na frente conduzindo todo o corpo. Este não aceitou:

– Como nos conduzirá, você que não tem olhos nem nariz como os outros animais?

Mas não adiantou de nada, o bom senso foi posto de lado: a cauda foi na frente do corpo, conduzindo-o cegamente, até que a serpente caiu no fundo de um precipício cheio de pedras, despedaçando-se. A cauda, então, toda ondulante, suplicou à cabeça:

– Salva-nos, por favor, ó querida rainha, eu te fiz uma péssima proposta.

Isto serve para os malandros e perversos que se revoltam contra seus mestres.

O LEÃO APAIXONADO E O CAMPONÊS

Um leão se apaixonou pela filha de um camponês e a pediu em casamento. Como não queria dar sua filha a um animal selvagem a quem temia dizer não, o camponês imaginou o seguinte. Declarou ao leão, que o pressionava insistentemente, que o considerava digno de casar com sua filha. Ele lha daria sob uma condição: que arrancasse os dentes e aparasse as garras, pois isso a assustava. O leão aceitou a proposta facilmente: estava apaixonado. Mas, em troca, conseguiu apenas o desprezo do camponês, pois, quando voltou, foi expulso a pauladas.

Se, ao confiar em alguém, renuncias a tuas prerrogativas, tu te tornas presa fácil para os que até então te temiam.

PROMETEU E OS HOMENS

De acordo com as normas de Zeus, Prometeu criou os homens e os animais. Mas, vendo que estes eram muito mais numerosos, Zeus ordenou a Prometeu suprimir um certo número, transformando-os em homens. Assim foi feito. Eis por que há homens que de humano só têm a aparência, mas a alma é de animal.

A ROSA E O AMARANTO

Um amaranto disse à rosa, sua vizinha:

– Como és bela! Deus e os homens te desejam! Tu é que és feliz por tua beleza e teu perfume!

– Amaranto, breve é a minha vida – respondeu a rosa –; mal desponto, alguém vem me colher. Tu, ao contrário, permaneces sempre jovem. Melhor viver mais tempo contentando-se com pouco que ver a infelicidade e a morte virem rápidas depois de dias tão felizes.

ENTRE ÁRVORES

Os mais belos frutos? Cada árvore – a romãzeira, a macieira e a oliveira – se gabava de produzi-los. Criou-se uma discussão. Uma sarça da vizinhança entrou na briga:

– Ora, minhas amigas, não vamos perder *nosso* tempo discutindo.

Quando os melhores se entredevoram, os insignificantes fazem tudo para parecer importantes.

A CORNETA

Os soldados, com raiva da corneta que os convocava para a guerra, tomaram-na como refém. A corneta gritava:

– Por favor, não me matem assim, sem mais nem menos: não matei nenhum dos seus e, além desse cobre de que sou feita, não possuo mais nada.

Eles responderam:

– Uma razão a mais para te matar, tu, que, por não poderes fazer a guerra, excitas os outros ao combate.

Infelizes daqueles que levam os fortes a se mostrar cruéis e maus.

A TOUPEIRA

Eis a história da toupeira – animal cego – que disse à mãe que estava enxergando. A mãe colocou-a então à prova: deu-lhe um grão de incenso e perguntou o que era.

– Um calhau – respondeu a filha.

– Minha filha – disse a mãe –, além de cega, perdeste o olfato.

O impostor promete o impossível: basta um nada para confundi-lo.

O JAVALI E A RAPOSA

Um javali parara para descansar sob uma árvore para afiar suas garras.

– Para que serve – perguntou a raposa –, afiar

tuas garras se não estás vendo nenhum caçador e nenhum perigo?

– Tenho minhas razões – respondeu o javali. – Se vem um perigo, não terei tempo de afiá-las; mas, como elas estarão prontas, ficará mais fácil para eu usá-las.

Não espere o perigo para se preparar para ele.

A MORTE E O CISNE

A lenda é conhecida: quando estão morrendo, os cisnes cantam. Ora, um homem encontrou um cisne que estava à venda. Disseram-lhe que era um animal que cantava muito bem. Ele então o comprou. Um dia, ao dar uma festa, pediu que trouxessem o cisne para que ele cantasse. Mas a ave ficou calada. No entanto, algum tempo depois, sentindo a morte se aproximar, ele entoou um canto fúnebre. Qundo o dono o ouviu cantar assim, disse-lhe:

– Se só cantas no momento de morrer, fui bem idiota naquele dia ao te pedir para cantar em vez de te matar.

Às vezes somos obrigados a agradar mesmo contra nossa vontade.

OS DOIS CÃES

Um homem tinha dois cães. Transformou o primeiro em cão de caça; o segundo, em cão de guarda. Ora, sempre que o primeiro trazia alguma caça, o dono dava um pedaço ao segundo. O cão de caça, descontente, disse a seu companheiro em tom de reprovação:

– Sempre sou eu que vou à luta e arrisco minha vida. Tu ficas aí sem fazer nada. Depois de eu tanto trabalhar, tu é que te regalas.

O outro respondeu:

– Não tenho culpa nenhuma, vai te queixar ao nosso dono. Foi ele que, em vez de me ensinar a trabalhar, me ensinou a me alimentar com o trabalho dos outros.

O filho não tem culpa do maus ensinamentos que aprendeu dos pais.

A RAPOSA QUE NUNCA TINHA VISTO UM LEÃO

Era uma vez uma raposa que jamais vira um leão. A primeira vez que o encontrou, quase morreu de medo. Na segunda vez, o medo foi menor. Na terceira, ousou falar-lhe.

O hábito termina eliminando o lado assustador das coisas.

OS SERES HUMANOS E ZEUS

Diz-se que os animais foram os primeiros a serem feitos. Uns se viram dotados pelo dom de força, outros de velocidade, outros ainda de um par de asas. O homem, que permanecia nu, disse ao deus:

– Só eu não fui aquinhoado com nada.

Mas Zeus lhe respondeu:

– Não te dás conta do presente que te dei? No entanto, foste tu que recebeste o mais belo. Recebeste a razão, cujo poder é grande entre os deuses e os homens: quem pode mais e quem é mais rápido?

Reconhecendo que se tratava de um belo presente, o homem se inclinou e se afastou agradecido.

O deus honrou todos os homens dando-lhes a razão: mas alguns não se dão conta da honra que lhes foi concedida e preferem invejar os animais que não têm razão nem sentimento.

O HOMEM E A RAPOSA

Um homem estava possesso com uma raposa que vinha prejudicando-o. Pegou-a e, como queria infligir-lhe um bom castigo, amarrou-lhe à cauda uma estopa embebida de óleo e ateou fogo. Depois, soltou-a em pleno campo. Mas um gênio esperto levou a raposa para os campos de seu carrasco. Ao acompanhar os passos da raposa, o homem ia se lamentando diante da colheita perdida.

Calma! Não te deixes levar pela desmedida: tua raiva poderá te causar um grande mal.

ZEUS E A RAPOSA

Maravilhado com a inteligência e a astúcia da raposa, Zeus a escolheu para rei dos animais. Mas quis saber se seus hábitos maliciosos tinham mudado junto com sua sorte. Quando a raposa ia passando numa liteira, ele pôs um escaravelho na frente dela. Incapaz de se conter diante do inseto que voava à sua volta, a raposa deu um pulo e, abandonando qualquer discrição, tentou pegá-lo. Zeus, indignado, a fez voltar à sua antiga condição.

Por mais que mude as aparências, o homem mau permanece o mesmo.

AS CADELAS FAMINTAS

Duas cadelas famintas viram duas peles de animais dentro de um rio. Mas como pegá-las?

– Se bebermos o rio, o secaremos e as peles serão nossas.

Assim fizeram. Mas, de tanto beber água, explodiram bem antes de alcançar seu objetivo.

A pessoa cúpida expõe-se a perigos que a destroem antes de realizar o seu desejo.

O LEÃO E O TOURO

Um leão, que estava pensando em como dar cabo de um enorme touro, preparou-lhe uma armadilha. Convidou-o para comer um carneiro que ele tinha sacrificado aos deuses. Ele pensava se lançar sobre o touro assim que estivessem à mesa. Quando chegou, o touro viu muitos caldeirões e enormes espetos, mas nada de carneiro. Sem uma palavra, retirou-se. O leão repreendeu-o:

– Não te fiz nada, por que vais embora assim sem dizer nada?

O touro respondeu:

– Tenho minhas razões: vejo que fizeram os preparativos não para um carneiro, mas para um touro.

As astúcias dos maus não atingem o homem sensato.

O PASTOR BRINCALHÃO

Um pastor que levou suas ovelhas para pastar em uma aldeia distante gostava de fazer a seguinte brincadeira: gritava “os lobos estão atacando!” E clamava pelo socorro dos habitantes locais. Duas, três vezes, os moradores ficaram com medo e fugiram da cidade, para depois voltarem rindo. Mas os lobos terminaram atacando de verdade. Como estavam devorando os carneiros, o pastor gritou por socorro. Os moradores pensaram que fosse mais uma brincadeira e não lhe deram nenhuma atenção. Foi assim que o pastor perdeu seu rebanho.

Ninguém acredita no mentiroso mesmo quando diz a verdade.

O PESCADOR E O LAMBARI

Um pescador jogara sua rede no rio e pescou um lambari. Era um peixe pequeno. Por isso este suplicou ao pescador para soltá-lo porque ele ainda estava muito pequeno.

– Mas, quando eu crescer e me tornar um belo peixe, poderás me pescar – disse ele ao pescador –, e seu lucro será bem maior.

O pescador respondeu:

– Eu seria muito idiota se menosprezasse o ganho de hoje por menor que seja para pôr minha esperança no futuro, por melhor que me pareça.

O ASNO SELVAGEM E O ASNO DOMESTICADO

Um asno selvagem, ao ver um asno domesticado num vale pleno de sol, felicitou-o por sua pança bem redonda:

– Feliz és tu que podes te regalar assim.

Mas, quando ele o viu um pouco depois com um pesado fardo no lombo e acompanhado pelo dono que lhe batia com um pedaço de pau, exclamou:

– Não, eu não invejo mais teu destino, agora que estou vendo como pagas tuas regalias!

Não devemos invejar as vantagens que nos expõem aos perigos e ao sofrimento.

O ASNO, O GALO E O LEÃO

Um galo ciscava ao lado de um asno. De repente, surgiu um leão que pulou sobre o asno. O galo então lançou seu grito e o leão fugiu (dizem que a voz do galo assusta os leões). O asno, pensando que o leão tinha fugido com medo dele, pôs-se a persegui-lo. Mas, quando o asno já estava bem distante sem que se pudesse ouvir mais a voz do galo, o leão se voltou e devorou-o.

Para nos destruir melhor, o inimigo se faz pequeno diante de nós.

OS LOBOS E OS CORDEIROS

Os lobos estavam observando um rebanho de cordeiros. Como os cães de guarda os impediam de avançar, eles resolveram lançar mão da astúcia. Enviaram alguns dentre eles para pedir aos cordeiros que lhes entregassem os cães:

– São eles – diziam os lobos –, que são a causa de nossa inimizade: entreguem-nos que a paz reinará entre nós.

Sem saber o que lhes ia acontecer, os cordeiros entregaram os cães. E os lobos, uma vez de posse destes, não tiveram muito trabalho para dizimar o rebanho sem os guardiães.

Quem entrega seus chefes não está vendo que em breve será presa de seus inimigos.

O CÃO FUGITIVO

Um cão tinha sido criado numa casa. Fora ensinado a enfrentar os animais selvagens, mas, quando se viu diante de um grupo deles pronto para atacar, quebrou a própria coleira e fugiu pelas ruas da cidade. Vendo-o gordo e forte como um touro, alguns de seus companheiros de raça lhe perguntaram:

– Por que fugiste?

– Eu sei – respondeu o cão –, que posso comer tudo o que quero e necessito, e até muito mais; mas, quando luto contra ursos e leões, posso morrer a qualquer momento.

Os outros disseram entre si:

– Nossa vida é só nossa. Apesar de pobre, é bela, pois não combatemos nem leões nem ursos.

Melhor viver longe dos perigos que ficar exposto a eles em troca de boas coisas ou de glória vã.

O PESCADOR E OS PEIXINHOS

Quando o pescador puxou sua rede da água, ela veio repleta de peixes graúdos que ele espalhou pela areia. Os menores escaparam pelos buracos da rede e voltaram ao mar.

Quem tem uma posição modesta escapa mais facilmente da rede em que caem os mais graúdos.

A RAPOSA E O BODE

Uma raposa caíra num poço. Não havia como sair. Foi quando apareceu um bode sedento. Ao ver a raposa, perguntou-lhe se a água era boa. Diante de tanta sorte, a raposa começou a elogiar a água: não havia mais saborosa. E convidou o bode a descer também. Sem pensar duas vezes e só pensando em saciar sua sede, o bode desceu. Depois de beber à vontade, era hora de voltar à superfície: "como fazer?", perguntou à raposa.

– Eu sei – disse ela –, de uma boa saída, desde que tenhas vontade de nos tirar desse aperto: põe os teus pés da frente contra a parede e ergue os teus chifres; aí eu dou um pulo e saio. Uma vez lá fora, eu te puxo.

O bode fez o que ela disse. Com a ajuda das pernas, das costas e dos chifres do bode, ela conseguiu, dando alguns pulos, voltar à boca do poço e, assim que se viu salva, foi embora. Como o bode a repreendesse por não ter cumprido o acordo, a raposa lhe disse:

– Ah, meu caro, se tivesses tanta presença de espírito quanto pelos no queixo, não terias descido sem saber como irias sair.

É preciso antever o final em tudo o que se faz.

A ANDORINHA E A GRALHA

À andorinha que se achava o mais belo dos pássaros, a gralha replicou:

– Tua beleza só floresce na primavera, enquanto eu suporto também o inverno.

Mais vale uma longa vida que a beleza.

O HOMEM MORDIDO POR UMA FORMIGA E HERMES

Diante de um navio que naufragava com os passageiros, um homem se pôs a invectivar contra a injustiça dos deuses; por causa de um que os tinha ofendido, estavam pagando os inocentes. Enquanto falava, foi mordido por uma formiga – havia muitas onde ele se encontrava. Apesar de só uma havê-lo mordido, ele matou todas. Hermes então tomou a palavra:

– Tu, que te vingas assim de uma formiga, não admites que os deuses ajam à tua maneira?

Diante da desgraça, não blasfemes contra os deuses: examina antes teus próprios erros.

O MARIDO E A MULHER

Como sua mulher era muito ranzinza com a criadagem, um homem se dizia: "Gostaria de saber se ela ousaria tratar assim os empregados de seu pai". Encontrou um bom pretexto para mandá-la até a casa deste. Quando voltou, alguns dias depois, perguntou como tinha sido recebida.

– Os boiadeiros e os pastores – disse ela –, me olhavam de través.

– Pois veja, minha cara – disse ele –, se quem sai de manhã e só volta à noite com seus rebanhos te olhava assim, o que dizer de quem passa o dia inteiro contigo!

O MORCEGO E AS DONINHAS

Um morcego havia caído no chão. Veio uma doninha e o capturou. Já ia matá-lo quando o morcego implorou:

– Deixa-me viver.

– Impossível – respondeu a doninha –, pois sou inimiga de todos os pássaros desde que nasci.

– Eu não sou um pássaro – disse o outro.

E a doninha o deixou ir embora.

Pouco depois, o morcego caiu de novo e foi pego por outra doninha.

– Não me comas – suplicou.

A doninha disse:

– Detesto ratos.

O morcego falou:

– Não sou um rato, sou um morcego.

Mais uma vez conseguiu se salvar.

Assim, mudando duas vezes de nome, escapou da morte. A cada perigo, uma nova feição.

AS ÁRVORES E A OLIVEIRA

Um dia, as árvores acharam-se no dever de escolher uma rainha e elegeram a oliveira:

– Sê nossa rainha.

Mas a oliveira respondeu:

– Vou ter de renunciar ao azeite que homens e deuses celebram em mim para ir chefiar as árvores?

As árvores foram então à figueira, mas esta respondeu:

– Vou renunciar à minha doçura, ao meu fruto suculento, para ir chefiar as árvores?

As árvores foram então ao pé de carrapicho e ele respondeu:

– Se vocês me sagraram rei, ponham-se sob a minha tutela. Se não for assim, que de mim saia uma espécie de fogo capaz de devorar os cedros do Líbano.

O LENHADOR E HERMES

Um lenhador que trabalhava à margem de um rio deixara seu machado cair dentro da água. Desconsolado, ele chorava, sentado na areia. Ao saber de seu infortúnio, Hermes teve pena dele e mergulhou no rio. Trouxe-lhe um machado de ouro.

– É o teu? – perguntou ao lenhador.

– Não – respondeu o homem.

Hermes mergulhou de novo e voltou com um machado de prata.

– Não, não é esse – respondeu o homem.

Hermes mergulhou pela terceira vez e trouxe um machado de lenhador.

– Sim, é esse – disse o homem.

Diante de tal honestidade, Hermes deu os três machados a ele. O lenhador foi contar a história a seus amigos. Um deles quis ver se aquilo era mesmo verdade. Foi até a beira do rio e jogou seu machado na água. Depois se sentou e começou a se lamentar.

Hermes lhe apareceu e, ao saber o porquê de suas lágrimas, mergulhou no rio. Mais uma vez, voltou com um machado de ouro e perguntou se era aquele o que tinha perdido. E o homem, os olhos brilhando de satisfação:

– Sim, é esse, sem dúvida.

Tal descaramento desagradou demais ao deus, que não só guardou o machado de ouro mas também o outro.

Os deuses protegem o homem correto, mas desapontam o velhaco.

O CAMPONÊS E A SORTE

Um camponês, ao cavar a terra, descobriu ouro. Desde então, passou a abençoar a terra em quem via sua grande benfeitora. Mas a Sorte apareceu e lhe disse:

– Não foi a terra, mas eu, que te dei este presente e que quer te enriquecer. No dia em que os ventos soprarem ao contrário e o ouro passar para outras mãos, é a mim que culparás.

OS LOBOS E OS CÃES

Os lobos disseram aos cães:

– Vocês se parecem demais conosco. Por que então não confraternizamos? Só a forma de ver as coisas é que é diferente. Vivemos livres, enquanto vocês vivem em função de seus donos. Além de suportar os golpes deles, vocês usam uma coleira e tomam conta de seus rebanhos. Quando eles comem, só lhes jogam os ossos. Confiem em nós: entreguem-nos os rebanhos. Nós os dividiremos com vocês e comeremos até nos fartar.

Os cães aceitaram a proposta. Ao entrar nos estábulos, os lobos estraçalharam logo os cães.

Esse é o preço de quem trai sua pátria.

O PASTOR E O LOBINHO

Um pastor encontrara um lobo. Criou-o e, logo cedo, lhe ensinou a roubar as ovelhas dos rebanhos alheios. Mas, uma vez treinado, o lobo disse ao pastor:

– Agora que me acostumaste a roubar, trata de me conseguir uma boa quantidade de tuas ovelhas.

A PULGA E O HOMEM

Um dia, uma pulga estava importunando um homem. Ao ser mordido, ele exclamou:

– Quem és tu, que te alimentas de meu sangue e me devoras sem razão alguma?

– É assim que nós pulgas vivemos; não me mates, não posso te fazer o mal.

E o outro começou a rir:

– Vou te matar agora, pois não é bom deixar o mal crescer, por menor que seja.

O LEÃO E A LEBRE

Um leão encontrou uma lebre adormecida. Já ia devorá-la quando passou uma corça. Deixando então a lebre, pôs-se a perseguir a corça. A lebre, acordada pelo barulho, fugiu. Depois de ter perseguido a corça infrutiferamente, o leão voltou para pegar a lebre, mas, vendo que ela tinha escapado, exclamou:

– Por querer uma presa maior, terminei perdendo a que já estava garantida.

AS HIENAS

Dizem que as hienas mudam de sexo de um ano para o outro: ora são machos, ora são fêmeas. Como uma hiena macho copulava por trás com uma fêmea, esta lhe disse:

– Estás me fazendo o que vão fazer contigo em breve.

Isto vale para o magistrado que te ultraja e a quem sucederás logo depois.

O ASNO E A MULA

Um asno e uma mula iam juntos por uma estrada. Vendo que eles levavam a mesma carga, o asno ficou indignado e se queixou de a mula ganhar mais ração do que ele e, no entanto, a carga era a mesma para os dois. Ao fim de algum tempo, como o asno já não estava mais aguentando a carga, o tropeiro passou uma parte dela para a mula. Um pouco depois, como o asno estivesse de novo esgotado, o tropeiro o aliviou de parte da carga, e assim foi fazendo até que a mula terminou carregando tudo. Esta, então, se voltou para o asno:

– E agora, não mereço minha ração reforçada?

Julguemos as coisas quando estão concluídas e não logo no começo.

A RAPOSA SEM CAUDA

Uma armadilha decepara a cauda de uma raposa. Sentindo-se desonrada, perdeu o gosto pela vida. Mas teve uma ideia: ia fazer com que as outras raposas também perdessem a sua. Se todas ficassem iguais, seu defeito passaria despercebido. Reuniu então todas as raposas e as convocou a cortar a cauda, apêndice, segundo ela, feio, inútil e pesado. Foi quando uma das raposas tomou a palavra:

– Se isso não fosse para o seu bem, não nos teria dado esse conselho.

Quem dá conselhos está visando sobretudo o próprio bem e não o dos outros.

O MACACO E O CAMELO

Quando de uma assembleia de animais, um macaco se levantou e pôs-se a dançar. Sua dança agradou a todos e não faltaram elogios. Invejoso, um camelo quis também fazer sucesso. Levantou-se e pôs-se a dançar. Mas suas contorções indignaram os animais, que o expulsaram a pauladas.

Isto vale para o invejoso que quer competir com quem é melhor do que ele.

O CISNE E A GANSA

Um homem rico criava juntos uma gansa e um cisne, este por seu canto e aquela por sua carne. Quando chegou a hora de matar a gansa, já era noite. Como distingui-la do cisne? O cisne terminou sendo levado em seu lugar. Ele então começou a cantar como prelúdio à morte, e sua voz melodiosa, revelando quem ele era, poupou-lhe o fim.

Assim, muitas vezes, a música afasta a morte por um tempo.

A CABRA E O ASNO

Uma cabra e um asno viviam na mesma casa. A cabra ficou com ciúme porque o asno recebia mais ração do que ela. Ela lhe disse:

– Que inferno é a sua vida! Quando não está no moinho, está carregando um fardo! Quer um conselho: quer descansar? Faça como se estivesse tendo uma crise de epilepsia e caia num buraco.

O asno achou que era um bom conselho: caiu de propósito e quebrou os ossos. Seu dono foi atrás de um médico para socorrê-lo.

– Se lhe der um chá de pulmão de cabra, ele vai se restabelecer.

A cabra foi sacrificada e o asno ficou curado.

Quem maquina contra os outros termina fazendo o mal a si próprio.

A RAPOSA E AS UVAS

Uma raposa estava com muita fome e viu uma cacho de uvas numa latada. Quis pegá-lo, mas não conseguiu. Ao se afastar, disse para si mesma:

– Estão verdes.

O homem que culpa as circunstâncias fracassa e não vê que o incapaz é ele mesmo.

A MINHOCA E A SERPENTE

Uma minhoca viu uma serpente que dormia à sombra de uma figueira. Com inveja de seu tamanho, quis igualar-se a ela. Esticou-se tanto que terminou se despedaçando.

O HOMEM QUE ENCONTROU UM LEÃO DE OURO

Um avarento, que era também um poltrão, encontrou um leão de ouro. Disse então para si mesmo:

– O que será de mim? Dividido entre meu amor pelas riquezas e minha fraqueza natural, não sou mais dono de mim e não sei o que fazer. Quem fabricou esse leão de ouro: o acaso ou o demônio? Minha alma guerreia contra si mesma: ela ama o ouro, mas teme o que ele fabricou. O desejo me impele a pegar aquilo que eu mesmo quero abandonar. Ó fortuna, que dás e não permites que eu pegue o que vejo. Ó bom gênio, cuja graça cria a minha desgraça! E agora? O que faço? Que astúcia devo usar? Vou mandar vir meus criados: eles pegarão o leão e eu olharei de longe como eles o seguram.

Assim é o rico que não ousa tocar em suas riquezas.

O URSO E A RAPOSA

Um urso se gabava de ser um amigo do gênero humano:

– Quando um homem morre – dizia –, não toco em seu cadáver.

Ao ouvir isso, a raposa retrucou:

– Se pelo menos devorasses os mortos em vez dos vivos!

Violentos, hipócritas e frívolos: tirem as máscaras.

O LAVRADOR E O LOBO

Um lavrador desatrelou seus animais e os levou ao bebedouro. Um lobo que, faminto, procurava o que comer, encontrou a charrua. Começou a lamber a canga. Depois, ao passar o pescoço por baixo, ficou preso, e, sem se dar conta, começou a puxar a charrua pelo campo.

Ao voltar do bebedouro, o lavrador o viu e disse:

– Maldito animal, não vá querer dizer que deixou de pilhar e de fazer o mal para lavrar a terra!

Não adianta os maus quererem passar por virtuosos, a forma como o fazem os desacredita aos olhos dos outros.

ZEUS E OS HOMENS

Depois de ter feito os homens, Zeus pediu para Hermes lhes dar a inteligência. Hermes assim o fez, distribuindo-a igualitariamente. Mas a mesma quantidade que foi suficiente para os pequenos não o foi para os grandes. Daí a inteligência destes ser bem inferior à daqueles.

O PASTOR E O CÃO

Um pastor tinha por costume, quando uma de suas ovelhas morria, dá-la para seu jovem cão comer. Ora, um dia em que uma de suas ovelhas caiu doente, ele viu o cão ao lado dela, os olhos aflitos, e parecia que ia chorar. O pastor acariciou o cão dizendo-lhe:

– Tua compaixão é louvável; pede, no entanto, ao céu que o que tu desejas não se realize!

Muitos herdeiros se parecem com esse cão.

O GAROTO LADRÃO E SUA MÃE

Um dia, na escola, um menino roubou a lousa de um colega e a levou para a mãe. Esta, em vez de ralhar com o filho, lhe deu os parabéns, de modo que da próxima vez ele trouxe uma peça de roupa; por esse novo roubo ele recebeu cumprimentos ainda maiores. Ao longo dos anos, já rapaz, passou a roubar mais e mais. Um dia, porém, foi pego em flagrante: amarraram-lhe as mãos e o conduziram ao carrasco. Ao ver que a mãe o acompanhava, ele disse que queria confiar-lhe um segredo. Quando ela se aproximou, ele agarrou-lhe a orelha e a rasgou com os dentes.

– Ímpio – disse-lhe ela –, já não bastaram os malfeitos que cometeste e ainda ultrajas tua mãe!

O filho respondeu:

– Se a senhora tivesse me dado uma surra no dia em que eu lhe levei a lousa roubada, eu não teria chegado ao ponto a que cheguei: não estaria a caminho da morte.

O LEÃO JUSTO

A realeza foi parar nas mãos de um leão que não era nem irascível, nem cruel, nem violento. Sua benevolência e sua justiça tinham algo de humano. Em seu reinado, houve uma assembleia dos animais, uma ocasião para todos repararem seus erros, uns em relação aos outros: o lobo com o cordeiro, a pantera com o camelo, o trigre com o veado e o cão com a lebre. Esta, medrosa, disse então:

– Sempre sonhei com o dia em que os indefesos fossem temidos pelos violentos.

O Estado justo e a igualdade dos julgamentos asseguram a tranquilidade dos pequenos.

O ASNO E O LOBO

Um asno estava pastando num campo quando viu um lobo vindo a seu encontro. Fingiu então estar mancando. Ao encontrar o asno, o lobo lhe perguntou o que o fazia mancar daquele jeito.

– Ao pular a cerca, entrou um espinho em meu pé – respondeu o asno. – Basta que tu o tires e depois poderás me comer sem o risco de engoli-lo.

O lobo obtemperou. Levantou a pata do asno e, enquanto examinava com cuidado o casco, levou um coice no queixo, que lhe quebrou os dentes. E o lobo em estado lastimável exclamou:

– Bem feito! Quem me mandou bancar o médico, eu que fui instruído por meu pai nas artes de açougueiro?

Cada qual em seu ofício.

O CAÇADOR

Um caçador estendeu sua rede pregando-a às paredes de seu pombal. Colocou-se a alguma distância e esperou para ver o que ia acontecer. Pombos selvagens se aproximaram dos pombos domésticos e terminaram presos nas malhas. O caçador foi logo correndo para pegá-los.

– Por que vocês não advertiram seus irmãos da armadilha que lhes foi estendida? – perguntou ele aos pombos domésticos.

Os pombos responderam:

– Melhor escapar de sua ira do que agradar nossos companheiros.

Não censuremos os criados que, por amor a seus patrões, violam as leis da amizade que os unem a seus próprios parentes.

O LEÃO QUE TINHA MEDO DE UM CAMUNDONGO E A RAPOSA

Um camundongo estava passeando sobre um leão que dormia. Este acordou e se pôs a procurar por toda parte quem ousara tanto. Uma raposa o viu assim e lhe perguntou:

– Como é que pode um leão ficar assustado por causa de um camundongo?

Mas o leão respondeu:

– Não é que eu estivesse com medo. Estava admirado de alguém ter tido a coragem de ficar passeando em cima de um leão adormecido.

O homem inteligente preocupa-se com os menores detalhes.

O BANDIDO E A AMOREIRA

Um bandido estava fugindo. Assassinara um homem numa estrada, depois o abandonara todo ensanguentado, e agora estava sendo perseguido pelas testemunhas. Quando cruzou com alguns viajantes, eles lhe perguntaram onde tinha sujado as mãos.

– Acabo de descer de uma amoreira – respondeu.

Por ter dito isto, seus perseguidores o pegaram, o amarraram e o enforcaram numa amoreira. Esta lhe disse:

– Não estou chateada por te servir de forca, pois foi em mim que limpaste o sangue que fizeste correr.

Mesmo o homem bom não hesita em tratar duramente quem o caluniou.

A GUERRA DOS LOBOS E DOS CÃES

Um dia, o ódio lançou os lobos e os cães uns contra os outros. Os cães escolheram um general grego. Este estava demorando a iniciar o combate, apesar das violentas ameaças dos lobos, a quem ele disse:

– Saibam por que estou ganhando tempo: é bom pensar antes de agir. Vocês lobos formam uma só raça e são todos da mesma cor. Nossos soldados, no entanto, são de hábitos bem diferentes: cada um vem de uma região da qual se orgulham. E eles diferem também na cor: uns são negros, outros ruivos, outros brancos ou cinzentos. Como posso, então, comandar soldados tão diferentes e pouco afeitos uns aos outros?

As armas da vitória: uma só vontade, um só pensamento.

O ASNO E A CARGA DE SAL

Um asno carregado de sal atravessava um rio. Um passo em falso e ei-lo dentro da água. O sal então derreteu e o asno se levantou mais leve. Ficou todo feliz. Um pouco depois, estando carregado de esponja às margens do mesmo rio, pensou que se caísse de novo ficaria mais leve e caiu de propósito nas águas. O que aconteceu? As esponjas ficaram encharcadas e, impossibilitado de se erguer, o asno morreu afogado.

Algumas pessoas são vítimas de suas próprias artimanhas.

O PAVÃO E A GRALHA

Os pássaros discutiam:

– Quem será nosso rei?

– Por minha beleza, serei eu – disse o pavão.

Todos o aprovaram. Mas a gralha argumentou:

– Vejamos. Tu és nosso rei, uma águia nos ataca. Como vais nos salvar?

Previdência é sabedoria.

A CIGARRA E A RAPOSA

Uma cigarra cantava no alto de uma árvore. Uma raposa que queria abocanhá-la preparou a seguinte armadilha. Procurou ver onde ela estava e disse que admirava a doçura de seu canto. Convidou-a a descer, pois queria contemplar animal dotado de tão bela voz. Mas a cigarra notou logo que era uma armadilha. Arrancou uma folha e deixou-a cair. E, como a raposa correu pensando que fosse a cigarra, esta lhe disse:

– Enganou-se, amiga. Esta não sou eu. Fujo das raposas desde o dia em que vi num de seus covis asas de cigarra.

A desgraça sempre serve para alguma coisa.

OS NAVEGADORES

Alguns homens tinham embarcado para uma longa viagem. Quando estavam em alto-mar, foram pegos por uma violenta tempestade, e faltou pouco para o navio ir a pique. Um deles tinha rasgado suas vestes e invocava os deuses de seus antepassados com fortes lamentos e gemidos. Prometia-lhes sacrifícios e ações de graça se os livrassem daquele perigo. Mas, quando veio a bonança, todos se puseram a comer, a pular, a dançar, por terem sido salvos do perigo. Mas o comandante não se deixou levar pelo entusiasmo:

– Brindemos, meus amigos – disse-lhes ele –, sabendo que não estamos livres de uma nova tempestade.

Não nos deixemos cegar pelo sucesso: o destino é mutável.

O HOMEM RICO E O CURTUME

Um homem muito rico morava bem perto de um curtume. Como já não suportava mais o mau cheiro das peles, pressionou o proprietário a se mudar. Este sempre dizia que iria se mudar logo logo, mas não o fazia nunca. E fez isso durante tanto tempo que o homem rico se habituou ao cheiro do curtume e parou de importuná-lo.

O hábito atenua os dissabores.

AS CARPIDEIRAS

Um homem muito rico tinha duas filhas. Quando uma delas morreu, ele chamou as carpideiras. A outra filha disse então à mãe:

– Veja a nossa infelicidade: nós que estamos sofrendo não sabemos como chorar, enquanto essas mulheres que não têm nada a ver com nosso luto se dilaceram e choram com tanta violência.

– Não se admire, minha querida – respondeu a mãe –, se elas fazem tudo isso é porque estão sendo pagas.

O PASTOR E O MAR

Um pastor apascentava seu rebanho à beira de uma praia e o mar lhe pareceu tão calmo que ele se sentiu tomado pelo desejo de navegar. Seria comerciante. Vendeu então os carneiros e ganhou o alto-mar. Uma tempestade o surpreendeu e o barco começou a soçobrar. Ele jogou toda a carga nas águas e se salvou com muita dificuldade, mas sem nada. Depois de algum tempo, como um outro homem admirava o mesmo mar tranquilo – e de fato ele estava naquele momento – o pastor lhe disse:

– Meu caro, ele está assim tão calmo porque ainda precisa de comida.

A experiência ruim deixa suas lições.

O LEÃO E A RÃ

Um leão ouviu uma rã coaxar e se voltou, pensando tratar-se de um animal bem grande. Mas quando, instantes depois, viu que se tratava de uma rã saindo do açude, esmagou-a dizendo:

– Um corpo tão pequeno e tão grandes gritos!

Falastrões, cuidado!

O CAMPONÊS E SEUS FILHOS

Um camponês tinha chegado ao fim de sua vida. Como queria que os filhos soubessem o que era cuidar da terra, chamou-os e lhes disse:

– Meus filhos, chegou a minha hora. Quanto a vocês, nada lhes faltará se procurarem o que escondi nas minhas vinhas.

Os filhos pensaram que ele estivesse falando de algum tesouro. Uma vez o pai morto, eles cavaram todo terreno, mas em vão. Nada de tesouro, mas a vinha bem lavrada deu-lhes uva em abundância.

O tesouro é o trabalho.

O ROUXINOL E O FALCÃO

Um rouxinol estava cantando no alto de um carvalho. Um falcão que estava morrendo de fome o viu e partiu certeiro em sua direção, levando-o em suas garras. Ao ver-se perto da morte, o rouxinol rogou ao falcão para soltá-lo:

– Não é um pobre rouxinol que vai matar tua fome. Se tens fome mesmo, vai pegar outros pássaros maiores.

O falcão replicou:

– Eu seria bem idiota se largasse o alimento que tenho em mãos para ir atrás de outras presas que nem estou vendo.

Por querer demais, o insensato termina perdendo até o que já possui.

A ÁGUIA

Quando estava tocaiando as lebres do alto de um rochedo, uma águia foi ferida por uma flecha cuja ponta se enterrou em seu peito. Quando viu que se tratava de uma flecha adornada de penas, exclamou:

– É uma dupla tristeza morrer vítima de minhas próprias plumas.

O aguilhão que nos fere dói muito mais quando nós mesmos o fabricamos.

A RÃ E A RAPOSA

Do açude onde estava, uma rã gritava para todos os animais:

– Eu sou médico, conheço todos os remédios!

A raposa então replicou:

– Como vais curar os outros se não consegues curar teu andar manco?

O ignorante pode nos instruir?

OS BOIS E O LEÃO

Três bois pastavam sempre juntos. Mau negócio para o leão que queria devorá-los. Depois de conseguir separá-los com suas mentiras, devorou um depois do outro.

Se queres viver longe do perigo, desconfia de teus inimigos e cuidado com os teus amigos.

O CÃO E O JANTAR

Como seu dono estava preparando um festim para amigos e familiares, um cão convidou um de seus parentes:

– Venha para a nossa festa.

O convidado chegou todo feliz. Diante do belo jantar, ladrando para si mesmo disse:

– Oh! Não acredito no que estou vendo! Vou encher a pança e comer tanto que amanhã não terei fome.

Enquanto pensava isso, abanava o rabo. Confiava no amigo. Mas o cozinheiro vendo-o abanar o rabo pra lá e pra cá, pegou-o pelas patas e o jogou sem mais delongas pela janela. O animal se retorceu e saiu se lamentado. No caminho encontrou uma matilha de cães. Um deles lhe perguntou:

– E aí, amigo, comeu muito?

– Bebi e fiquei tão embriagado que nem sei mesmo por onde saí.

Desconfiemos das promessas feitas com os bens dos outros.

O MENINO E O GAVIÃO

Uma mulher consultou o oráculo a respeito de seu filho. Os adivinhos previram que ele seria morto por um gavião. Assustada, a mulher trancou o filho no quarto de guardados, esperando assim poupá-lo da morte prevista. Todo dia, na mesma hora, ela ia alimentá-lo com o maior cuidado para que ele não saísse. Um dia, porém, quando o menino foi mexer nuns apetrechos que estavam em cima de um armário, veio sobre ele uma foice cujo gavião foi certeiro em seu pescoço, matando-o na hora.

OS FILHOTES DA MACACA

Dizem que os filhotes da macaca sempre vêm ao mundo em dupla. Um é o objeto dos ternos cuidados da mãe, enquanto o outro é ao mesmo tempo detestado e abandonado à própria sorte. Mas a providência é sábia: o primeiro, de tanto carinho e proteção, termina morrendo sufocado pelo excesso de carinhos; o segundo, a quem ela não dá atenção, cresce viçoso, sem problemas.

O FILHO, SEU PAI E O LEÃO

Era uma vez um velho timorato que tivera um filho único. Este era bravo e gostava muito de caçar. Um dia o velho teve um sonho em que via o filho ser morto por um leão. Temendo que aquilo realmente acontecesse, levou-o para um lugar seguro e confortável. Para agradá-lo, mandou pintar nas paredes toda espécie de animal, e entre eles havia um leão. No entanto, quanto mais o menino olhava as pinturas mais triste ficava. Até que um dia ele se aproximou do leão e disse:

– Maldito animal, foi por causa de um sonho falso de meu pai que fiquei aqui enclausurado como uma mulher.

E começou a socar a parede para furar o olho do leão. Nisso, uma farpa entrou em sua unha. O dedo inflamou, um tumor apareceu, acompanhado de uma febre altíssima, e o menino terminou morrendo. Mesmo pintado, o leão não deixou de ser responsável pela morte do menino, apesar dos artifícios inúteis do pai.

Ninguém escapa a seu destino.

A RAPOSA E A PANTERA

– Veja – dizia a pantera –, o brilho cambiante de minha pele.

– Entre nós, raposas, não é o corpo que brilha, mas a inteligência.

O FANFARRÃO

Um atleta cuja falta de energia era repreendida constantemente por seus compatriotas, abandonou um dia seu país. De volta, ao fim de um certo tempo, ficara proclamando os feitos que ele dizia ter conseguido no estrangeiro. Em Rodes, particularmente, ele havia saltado mais longe que qualquer outro vencedor dos jogos olímpicos. E havia várias testemunhas para dizê-lo. Um dos que o ouviam tomou então a palavra:

– Se dizes a verdade, não precisas de testemunha; dá agora o pulo que deste em Rodes.

A prova dos fatos torna todo discurso inútil.

O HOMEM GRISALHO E SUAS DUAS MULHERES

Um homem cujos cabelos estavam ficando grisalhos tinha duas mulheres: uma era jovem; a outra, velha. A de idade avançada tinha vergonha de ter um amante mais novo que ela. Quando ele ia visitá-la, ela ficava o tempo todo arrancando os cabelos pretos dele. A mais nova, por sua vez, era reticente à ideia de ter um amante mais velho que ela, e ficava arrancando os cabelos brancos dele. De tanto arrancarem os cabelos do homem, ele terminou careca.

Nada pior que estar em condição desigual à dos parceiros.

O PASTOR E OS LOBINHOS

Um pastor que tinha encontrado uns filhotes de lobo, criou-os com o maior cuidado.

– Quando ficarem adultos – dizia ele –, não só tomarão conta de minhas ovelhas, como também roubarão as dos outros e as trarão para mim.

Mas, assim que ficaram grandes, vendo que nada tinham a temer do pastor, os lobinhos atacaram o seu rebanho. Quando se deu conta disso, o pastor começou a se lamentar:

– Mas como fui deixar crescer esses animais que, uma vez adultos, iam se tornar ainda mais indesejáveis.

Se poupares os maus, quando ficarem fortes serás o primeiro que eles atacarão.

O LEÃO E A RAPOSA

Um leão cuja idade avançada não permitia mais que fosse à procura de alimentos, valeu-se de um estratagema. Entrou numa gruta e se deitou, fingindo estar doente. E os animais que iam visitá-lo, ele comia. Muitos já tinham morrido quando a raposa, que tinha descoberto a astúcia, se apresentou. Ela parou a distância da gruta e perguntou ao leão como ele estava.

– Mal – respondeu.

E acrescentou:

– Por que não entras?

A raposa respondeu:

– Eu não entrei porque só vi rastro de animais entrando, nunca saindo.

O homem advertido pressente de longe o perigo e é capaz de evitá-lo.

O LOBO E O CORDEIRO REFUGIADO NUM TEMPLO

Perseguido por um lobo, um cordeiro procurou abrigo num templo. Como o lobo lhe disse que, se o sacerdote o encontrasse ali o sacrificaria a seu deus, ele respondeu:

– De qualquer maneira, prefiro terminar no altar de um deus que na tua boca.

Morrer, mas com toda dignidade.

O CAMPONÊS E A SERPENTE

Uma serpente conseguira deslizar até o filho de um camponês e o picara. Terrível foi a dor do pai que, pegando um pedaço de pau, ficou na porta do buraco do réptil, esperando-o para matar. Assim aconteceu. A serpente mal pôs a cabeça para fora e o homem jogou-lhe o pau em cima. Mas este caiu ao lado da serpente, numa pedra, partindo-a. Temendo então represálias, o camponês quis se reconciliar com a serpente. Mas ela respondeu:

– Como não nos odiarmos quando eu, de um lado, vejo a pedra lascada, e você, do outro, vê o túmulo de seu filho?

Para um grande ódio, paz difícil.

O HOMEM QUE FOI MORDIDO POR UM CÃO

Um homem que fora mordido por um cão pôs-se a procurar quem cuidasse de seu ferimento. Alguém lhe disse:

– Basta enxugar o sangue com um pedaço de pão. Depois jogue o pedaço para o cão que o mordeu.

– Nada disso – respondeu o homem –, assim todos os cães da cidade vão me morder.

Agradar o mau só faz aguçar seu instinto de perversidade.

ZEUS JUIZ

Zeus disse a Hermes:

– Escreva os erros dos homens nas conchas e as

deposite nesta taça ao meu lado. Assim poderei punir os culpados.

Mas as conchas se misturaram e algumas demoram mais que as outras a cair nas mãos do juiz.

Por isso, não é de estranhar que, desde então, os criminosos demorem a receber às vezes o castigo pelo erro que cometeram.

O SOL E AS RÃS

Naquele verão, celebravam-se as núpcias do Sol. Todos os animais estavam felizes. Até as rãs se alegraram. Mas uma delas exclamou:

– Insensatas, por que esse alvoroço? Se, sozinho, o Sol pode secar toda a lama, o que não sofreremos se, uma vez casado, ele gerar um filho igual a ele?

Levianos, por que se regozijar com o que não lhes trará nenhuma alegria?!

A MULA

Depois de ter-se fortalecido comendo muita cevada, uma mula pôs-se a dar pulos. Dizia para si mesma toda vaidosa:

– Meu pai, o cavalo, é um corredor veloz e eu sou muito parecida com ele.

Mas, um dia, a necessidade obrigou-a a correr. Terminada a corrida, estava de cara triste: lembrava-se de seu pai, o asno.

Se um dia conheceres a glória, não esqueças de tuas origens: esta vida não é senão inconstância.

HÉRACLES E PLUTOS

Quando foi recebido como novo deus na mesa de Zeus, Héracles saudou cada um dos imortais com toda a cortesia. Mas, quando chegou a vez de Plutos*, o último de todos, o novo deus baixou os olhos e se desviou dele. Zeus ficou intrigado com aquilo e perguntou-lhe:

– Por que, depois de ter saudado todos os deuses com alegria, desviaste o olhar só de Plutos?

– Foi porque – respondeu Héracles –, no tempo em que eu estava entre os homens, eu o via a maior parte do tempo em companhia dos maus.

Isto se aplica bem a qualquer pessoa que enriqueceu por acaso, mas não perdeu a maldade.

O SEMIDEUS

Um homem estava fazendo sacrifícios a um semideus que abrigava em sua casa. Como estava gastando demais para fazer suas oferendas, o semideus apareceu-lhe uma noite e disse-lhe:

– Amigo, para de dilapidar teus bens. Se continuares gastando desse jeito, ficarás pobre e te voltarás contra mim.

Muitas pessoas, por idiotice, caem em desgraça e depois culpam os deuses.

---

* Plutos: Deus da riqueza. Rezava a tradição que Zeus o tornara cego a fim de que ele distribuísse a riqueza indistintamente aos bons e aos maus. Aristófanes recorre a essa tradição em sua comédia *Plutos*. Sabemos também que, durante o período helenístico, a figura de Héracles foi tomada com frequência como um modelo de virtude.

O ATUM E O GOLFINHO

Perseguido por um golfinho, um atum fugia provocando enormes remoinhos na água. Já estava prestes a ser capturado quando, levado por sua própria força, foi dar sem querer na praia. O golfinho foi também lançado longe das águas. Vendo que seu inimigo estava morrendo, o atum lhe disse:

– Para mim a morte não me entristece mais, pois comigo vai aquele que me levou até ela.

O CÃO E O CHOCALHO

Como um cão mordia as pessoas traiçoeiramente, seu dono atou-lhe um chocalho no pescoço para que assim soubessem de sua presença. E o cão, ao sacudir o chocalho, divertia a todos na praça pública. Mas uma velha cadela lhe disse:

– Por que tanto orgulho? Não é por seres virtuoso que tens este chocalho no pescoço. Ele representa o teu vício oculto.

Pobres fanfarrões! Por trás da glória que ostentam esconde-se a maldade.

O LOBO FERIDO E A OVELHA

Um lobo que havia sido mordido pelos cães e estava em lastimável estado não podia mais ir atrás de alimento. Ao ver uma ovelha, ele pediu-lhe para ir buscar água no rio próximo.

– Se me deres água – disse-lhe ele –, poderei depois ir procurar comida.

Mas a ovelha respondeu:

– Se te dou o que beber, serei o teu de-comer.

Que isso sirva de lição aos hipócritas com suas armadilhas.

A LAMPARINA

Uma lamparina cheia de óleo gabava-se de ter um brilho superior ao do sol. Um assovio, uma rajada de vento e ela apagou-se. Acenderam-na de novo e lhe disseram:

– Ilumina e cala-te. O brilho dos astros não conhece o eclipse.

Que o brilho de uma vida gloriosa não te encha de orgulho. Nada do que adquirimos nos pertence de verdade.

O ADIVINHO

Um adivinho montara sua banca numa praça e começou a ficar rico. Mas, de repente, alguém veio lhe dizer que haviam forçado as portas de sua casa e tinham-lhe roubado tudo. Transtornado, ele se levantou dum pulo só e, lamentando-se, correu até a casa para ver o que tinha acontecido. Um dos que se encontravam lá disse-lhe impertinente:

– Como é que é, amigo! Ficas te vangloriando de prever o destino dos outros e não prevês o teu?

Muita gente se acha capaz de dirigir os negócios dos outros quando não é capaz de dirigir os próprios.

AS ABELHAS E ZEUS

Ciosas de seu mel, as abelhas resolveram escondê-lo dos homens. Foram até Zeus e lhe pediram a força necessária para matar a ferroadas os que se aproximassem de seus favos para beber o mel. Mas aquela maldade desagradou a Zeus. Ele as castigou então da seguinte forma: sempre que ferroassem alguém, perderiam o ferrão e a vida.

A pessoa perversa chega ao ponto de fazer o mal a si mesma.

O APICULTOR

Um homem foi à casa de um apicultor e, como ele tinha saído, roubou seu mel e os favos. Quando o apicultor voltou e percebeu sua colmeia vazia, foi ver o que tinha acontecido. As abelhas, que estavam voltando de sua labuta, apareceram e o picaram com seus ferrões, dando-lhe um tratamento terrível. O infeliz exclamou:

– Suas idiotas, vocês deixaram ir embora impunemente aquele que levou seus favos de mel, enquanto eu, que cuido de vocês, sou atacado sem dó nem piedade!

Esse engano é frequente: muitas vezes abrimos as portas ao inimigo e as fechamos ao amigo por suspeita.

OS SACERDOTES DE CIBELE

Quando iam viajar, os sacerdotes tinham um asno que levava suas bagagens. Mas, um dia, o animal morreu de cansaço. Eles então arrancaram-lhe a pele e com ela fizeram tamborins para se divertir. Outros sacerdotes os encontraram e perguntaram como ia o asno.

– Morreu – responderam. – Mas agora ainda está apanhando mais que antes.

Por mais que tenha conseguido se libertar, o escravo muitas vezes ainda tem de desempenhar outros trabalhos servis.

OS RATOS E AS DONINHAS

Ratos e doninhas estavam em guerra. Como os ratos sofriam derrota atrás de derrota, reuniram-se em assembleia e, certos de que precisavam de chefes – assim se explicavam seus reveses –, escolheram entre si alguns generais. Para que se distinguissem dos outros, os escolhidos fabricaram uns chifres e os puseram na cabeça. Deu-se a batalha. Derrota completa dos ratos. Os soldados fugiram para seus buracos sem nenhum problema. Já os generais, impedidos pelos chifres, não puderam entrar. Capturados, foram comidos.

A glória fútil é fonte de todos os males.

AS MOSCAS

Como o mel havia se derramado num celeiro, as moscas foram até lá para comê-lo. Como é possível viver sem essa delícia? Mas suas patas ficaram tão grudadas que não puderam mais voar. E, assim, morreram sufocadas, dizendo:

– Pobres de nós que morremos por um breve instante de prazer.

A FORMIGA

A formiga era, em tempos passados, um homem que laborava a terra. Mas suas próprias colheitas não lhe bastavam. Ele invejava as dos outros e frequentemente ia roubar os frutos dos vizinhos. Zeus se irritou com tal cupidez e o transformou no inseto que chamamos formiga. O homem, assim metamorfoseado, não perdeu seus hábitos: ainda hoje percorre os campos alheios e põe de reserva o trigo e a cevada que o outro colheu.

Por mais que se castigue o homem mau, ele nunca se emenda.

A FORMIGA E O ESCARAVELHO

Era verão. Uma formiga percorria o campo fazendo sua provisão de trigo e cevada para o inverno. Um escaravelho admirou-se por vê-la tão agitada; enquanto ela estava assim atarefada, os outros animais se divertiam. A formiga não disse nada. Mais tarde, porém, quando veio o inverno e a chuva destruiu os estercos, o escaravelho foi até ela e pediu um pouco do que ela tinha guardado. A formiga respondeu-lhe:

– Amigo escaravelho, se tivesses trabalhado no tempo em que meus esforços não suscitavam senão teus sarcasmos, agora terias alimento.

Quem foi irresponsável em tempo de abundância chorará em tempo de penúria.

O ASNO E O CAVALO

Um asno dizia a um cavalo:

– Tu que és feliz! Cuidam de ti direitinho, te dão alimento em abundância. Quanto a mim, nem mesmo capim eu tenho e inúmeros são meus sofrimentos.

No entanto, quando veio a guerra, um cavaleiro pegou o cavalo, montou e partiu. Corria de um lado para outro, lançava-se nos combates mais encarniçados. O cavalo, exausto, terminou morrendo. Incontinenti, o asno mudou de opinião, lamentando o destino do cavalo.

Não invejes nem os ricos nem os poderosos. Pensa nos invejosos que os ameaçam e aprende a gostar de tua modesta fortuna.

O LEÃO, O URSO E A RAPOSA

Um leão e um urso disputavam um pavão que tinham encontrado. Brigaram de tal forma que, sem sentidos, os dois caíram desacordados. A raposa, que passava por ali, vendo-os assim totalmente esgotados e próximos do pavão morto, apoderou-se deste e se foi.

– Desgraçados de nós! Lutamos tanto para entregar tudo a uma raposa! – exclamaram os dois animais incapazes de se levantar.

Não há nada que mais nos enraiveça do que ver um aventureiro se apoderar de nosso trabalho.

A RAPOSA E A SARÇA

Uma raposa estava escalando uma cerca. Ao escorregar, foi cair em cima de uma sarça. Os espinhos deixaram suas patas sangrando e, louca de dor, ela disse para o arbusto:

– Pobre de mim! Esperava de ti socorro e só fizeste aumentar minhas dores.

A sarça respondeu:

– Que engano o teu, quereres te agarrar em mim quando sou eu que tenho o hábito de agarrar os outros.

Pobre de quem vai pedir ajuda a quem só sabe fazer o mal.

O ASTRÔNOMO

Um astrônomo tinha o hábito de sair à noite para observar o céu. Estava ele um dia caminhando pelos arredores da cidade, o espírito perdido entre as estrelas, e, como não viu um poço à sua frente, caiu dentro. Começou então a gritar bem alto. Um transeunte o escutou, aproximou-se e, ao saber como ele fora parar lá dentro, disse:

– Mas o senhor, que vive estudando o que há no céu, não vê o que há na terra!

AS RÃS QUE QUERIAM UM REI

Irritadas com a anarquia que reinava entre elas, as rãs enviaram uma delegação a Zeus: queriam um rei. Zeus viu como elas eram ingênuas. Jogou então um pedaço de madeira no açude dizendo-lhes que aquilo era seu rei. A princípio assustadas com o ruído, as rãs fugiram para a parte mais profunda do açude. Depois, como o pedaço de madeira permanecesse imóvel, elas voltaram à superfície e começaram a zombar do seu soberano a ponto de montar em suas costas.

Achando-se logradas, voltaram a Zeus e pediram um rei um pouco mais enérgico. Zeus então lhes enviou uma hidra que se lançou sobre elas e as devorou.

Mais vale ter como governante um bravo homem, embora lento, que um celerado que semeia o terror.

O CORVO DOENTE

Um corvo doente disse à sua mãe:

– Roga aos deuses, mãe, não chores.

A mãe respondeu:

– Qual deles terá pena de mim? Será que existe algum do qual não tenhas roubado um pedaço de carne?

Algumas pessoas fazem tantos inimigos que na hora da necessidade não encontra nenhum amigo.

O LOBO ORGULHOSO DE SUA SOMBRA E O LEÃO

Hiperion já sumia no horizonte
Quando no deserto surgiu um lobo errante.
Falou assim ao ver sua sombra projetada:
"Meu medo do leão me parece infundado,
Com a minha silhueta será que não poderei
Aos outros animais parecer o rei?".

Ia embalado em sua gloriosa quimera
Quando um bravo leão lhe declarou a guerra.
Logo o lobo se refez: "Quem tão grande se acha
termina fabricando sua própria desgraça".

O LOBO E A CABRA

Um lobo viu uma cabra que pastava na encosta de um rochedo escarpado. Como não conseguia ir até lá, convidou-a a descer:

– Cuidado, qualquer desatenção e cais – disse ele. – E mesmo aqui onde estou o capim é melhor, a relva está toda florida.

Mas a cabra respondeu-lhe:

– O festim para o qual me convidas é o da tua pança vazia.

Quem conhece o homem mau sabe de suas astúcias.

O CAMPONÊS E A SERPENTE CONGELADA

Num certo inverno, um camponês encontrou uma serpente enregelada de frio. Como ficou com pena, pegou-a para aquecê-la no calor do corpo. Uma vez aquecida e refeita, a serpente picou seu benfeitor. Já morrendo, ele exclamou:

– Paguei o preço justo por ter tido piedade de quem nada vale.

Os maus não se comovem com a bondade que lhes cumulam.

A RAPOSA E O MACACO ELEITO REI

Reunidos em assembleia, os animais escolheram para rei um macaco cuja dança lhes havia agradado. A raposa ficou com inveja. Ao ver um pedaço de carne numa armadilha, ela levou o macaco até lá e lhe disse:

– Encontrei um tesouro, mas não o mereço. Guardei para ti, como presente de investidura. Pega-o.

Sem pensar duas vezes, o macaco aproximou-se e caiu na armadilha. Como repreendesse a raposa por tê-lo enganado, ela lhe disse:

– Um imbecil como tu queria reinar sobre os animais?

Quem se lança numa empresa irrefletidamente, além de poder fracassar, ainda corre o risco de cair no ridículo.

ZEUS E A SERPENTE

Como Zeus ia se casar, cada um dos animais deu-lhe um presente de acordo com suas posses. A serpente, arrastando-se, foi até ele levando uma rosa na boca. Ao vê-la, Zeus exclamou:

– Aceito os presentes de todos, mas de tua boca não aceito nada.

Cuidado com a bondade dos maus.

A GRALHA E O CÃO

Uma gralha convidou um cão para um banquete que ia dar para Atena. O cão lhe disse:

– Por que gastar teu dinheiro à toa? A deusa te odeia tanto que não dá a mínima para os teus presságios.

– Sei disso – respondeu a gralha –, e estou justamente oferecendo um banquete para ela para que nos reconciliemos.

Por temer nossos inimigos procuramos agradá-los.

A TARTARUGA E A LEBRE

Uma tartaruga e uma lebre discutiam para saber quem era a mais veloz. Por isso, combinaram uma data para uma corrida e um local aonde deveriam chegar. No dia certo, partiram. A lebre, que contava com sua rapidez natural, não se preocupou com a corrida. Caiu à beira de uma estrada e adormeceu. Já a tartaruga, que se sabia quão lenta era, não perdeu tempo e, deixando a lebre dorminhoca para trás, venceu a aposta.

O talentoso com preguiça perde para quem enfrenta a liça.

AS GANSAS E AS GRUAS

As gansas e as gruas estavam ciscando juntas num campo. Apareceram então uns caçadores. As gruas, leves, alçaram voo, mas as gansas, muito pesadas, não conseguiram voar e foram capturadas.

Assim, quando vem a guerra, os pobres têm facilidade de ir para outra cidade onde encontram a salvação e a liberdade; já os ricos, presos a seus inúmeros bens, são levados frequentemente à escravidão.

A PULGA E O ATLETA

Uma pulga saltou um dia no dedo do pé de um atleta fora de forma e o mordeu. Com muita raiva, o atleta ia esmagá-la entre as unhas quando, dando seu salto habitual, ela escapou, evitando assim a morte. O atleta, então, se lamentou:

– Ó Hércules, se é assim que me ajudas contra uma pulga, o que será de mim diante de meus adversários!

O LEÃO E O CAMPONÊS

Um leão entrou no estábulo de um camponês. Este, para capturá-lo, trancou-o lá dentro. Como não podia mais sair, o leão dizimou primeiro o rebanho miúdo, depois atacou os bois. Temendo pela própria vida, o camponês deixou-o ir embora. Como o camponês ficou se lamentando, sua mulher disse:

– Tens o que mereces. Por que prender um animal cuja presença mesmo ao longe te poria para correr?

Quem excita os mais fortes deve estar preparado para suportar as consequências.

O LOBO E O CORDEIRO

Ao ver um cordeiro à beira de um riacho, o lobo quis devorá-lo, mas era preciso ter uma boa razão. Apesar de estar na parte superior do riacho, acusou-o de sujar sua água, o que o impedia de matar a sede. O cordeiro se defendeu:

– Eu bebo com a ponta dos lábios e, mesmo,

como eu ia sujar a água se ela está vindo daí de cima, onde tu estás?

Como ficou sem saber o que dizer, o lobo replicou:

– Sim, mas no ano passado insultaste meu pai.

O carneiro respondeu:

– Eu nem era nascido...

O lobo não se calou:

– Podes te defender como quiseres que não deixarei de te devorar.

Quando alguém está disposto a nos prejudicar de nada adianta nos defendermos.

O PASTOR E SEUS CARNEIROS

Um pastor levou seus carneiros para uma floresta de carvalhos. Sob uma enorme árvore cheia de frutos, ele estendeu seu casaco. Depois subiu para sacudi-la e assim os frutos cairiam. Mas os carneiros comeram indistintamente as bolotas e o casaco. Quando desceu, vendo o que tinha acontecido, o pastor exclamou:

– Suas bestas, aos outros vocês dão sua lã para abrigá-los, e a mim, que lhes dou o sustento, vocês destroem até o casaco!

Muita gente, sem se dar conta, serve a desconhecidos e faz mal aos que lhe são próximos.

O ASNO E A ESTÁTUA DE UM DEUS

Um homem tinha colocado a estátua de um deus no dorso de seu asno e levou-o à cidade. Por onde passavam, todo mundo se curvava diante da estátua. O asno pensou que era a ele que adoravam. Todo envaidecido, pôs-se a zurrar e empacou. Compreendendo o que estava acontecendo, o dono do asno começou a bater-lhe e disse:

– Cabeça de asno! Só faltava isso: um asno ser adorado pelos homens.

Quem te conhece ri de teu orgulho quando não tens nada a ver com aquilo de que te orgulhas.

O BODE E A VINHA

A vinha estava brotando novamente. Como um bode estava comendo seus botões, ela disse:

– Por que me fazes mal? Acabou o capim? Lembra-te de que sou eu que forneço o vinho no dia de teu sacrifício.

Receberás do outro o tratamento que lhe dás.

O PASTOR E AS CABRAS SELVAGENS

Um pastor viu que entre suas cabras estavam algumas cabras selvagens. Em vez de expulsar as intrusas, levou-as para o estábulo junto com as outras. No outro dia, como houve uma tempestade, ele não pôde levá-las ao pasto habitual e as manteve trancadas. Ora, às suas próprias cabras ele deu apenas a ração de sempre, o necessário para não matá-las de fome. Em contrapartida, tratou bem as estranhas, pensando assim ganhar a simpatia delas. Quando a tempestade amainou, ele as levou para o campo. Quando chegaram lá, as cabras selvagens ganharam a montanha e fugiram. O pastor disse-lhes então:

– Ingratas, abandonar assim quem as tratou com tanto carinho!

Voltando-se para ele, elas disseram:

– Foi justamente isso que nos deixou cabreiras. Se a nós, que conheceste naquele dia, nos trataste melhor que aquelas que há muito tempo estão contigo, é sinal de que preferirás as que virão depois de nós.

Se, numa amizade recente, te derem mais atenção que aos amigos de velha data, cuidado. Chegará o dia em que também serás velho amigo e te colocarão de lado.

A ESCRAVA E AFRODITE

Uma escrava feia e má era amada por seu senhor. Ela gastava todo o dinheiro que ele lhe dava em adornos. Queria que eles fossem mais belos que os da patroa. Por isso, oferecia sacrifício atrás de sacrifício a Afrodite, a quem atribuía a graça de estar ficando cada dia mais bela. Mas a deusa lhe apareceu em sonho e disse:

– Não te enganes. Nem penses que estou te fazendo bela, estou sim é irada com o teu patrão.

Que as fumaças do orgulho não te ceguem, tu que, sem berço e sem beleza, deves tua riqueza a procedimentos vergonhosos.

ESOPO NUM ESTALEIRO

Esopo, o fabulista, foi flanar num estaleiro. Lá, provocado pelas zombarias dos operários, disse-lhes:

– Quando o mundo era apenas água e caos, Zeus quis fazer um dia um novo elemento: a terra. Foi por isso que ele a fez engolir o mar três vezes. Da primeira vez, a terra deixou aparecer as montanhas; da segunda, as planícies; quando ela for beber pela terceira vez, a arte de vocês não servirá para nada.

Quem ri de quem lhe é superior terminará perdendo o riso.

OS DOIS GALOS E A ÁGUIA

Dois galos brigavam por uma galinha. Um colocou o outro para correr. O vencido foi se refugiar num recanto obscuro. O vencedor, todo vaidoso, e alcançando o alto de um muro, pôs-se a cantar a todo pulmão. Veio uma águia certeira e caiu sobre ele, levando-o pelos ares. Saindo de seu esconderijo, seu rival pôde então se divertir livremente com as galinhas.

A GRALHA E O CORVO

Invejosa do corvo, a gralha sonhava com o mesmo tratamento que davam a ele: o corvo, como se sabe, é visto pelos homens como uma ave cujos gritos são cheios de presságios. Ao ver passar uns viajantes, a gralha foi postar-se no alto de uma árvore e de lá começou a emitir seus gritos. Assustados com aquela voz, os viajantes se voltaram. Um deles falou então:

– Vamos embora, é só uma gralha e seus gritos não pressagiam nada.

O fracasso e o ridículo são o fim de quem pretende competir com os mais fortes.

A CIGARRA E A FORMIGA

Era inverno e as formigas botaram para secar os grãos que a chuva molhara. Uma cigarra faminta lhes pediu o que comer. Mas as formigas lhe disseram:

– Por que tu também não armazenaste tua provisão durante o verão?

– Não tive tempo – respondeu a cigarra –, no verão eu cantava.

As formigas completaram:

– Então agora dance.

E caíram na risada.

O PAPAGAIO E A GATA

Um homem comprara um papagaio e o deixou solto pela casa. Mas o papagaio tinha lá suas manias. Alçou voo e foi pousar no altar dos deuses domésticos, pondo-se a gritar alegremente. Vendo-o ali, a gata da casa lhe perguntou quem ele era e de onde vinha.

– O patrão – respondeu o papagaio –, acaba de me comprar.

– E és tu, atrevido, que, recém-chegado, gritas desse jeito, enquanto eu, que nasci aqui, sou proibida de fazer isso. Vá eu gritar e logo serei expulsa.

– Que é isso, senhora! É que minha voz não incomoda os patrões como a sua.

Isto vale para as pessoas de má vizinhança que sempre têm de que reclamar.

O ARQUEIRO E O LEÃO

Um caçador foi até a montanha. Tratava-se de um excelente arqueiro. Ao vê-lo, todos os animais fugiram, ficando apenas o leão, que o provocou para uma luta. O caçador arremessou-lhe uma flecha e disse:

– Viste meu mensageiro. Agora vais me ver em pessoa.

Ferido pela flecha, o leão fugiu.

– Que é isso – disse-lhe uma raposa –, para de correr.

– De jeito nenhum – respondeu o leão. – Se o mensageiro fere desse jeito, o que vai ser de mim quando o encontrar em pessoa?

Não esperemos pelo tempo: fujamos do perigo ao primeiro sinal.

DÊMADES, O ORADOR

Um dia, Dêmades falava ao povo de Atenas. Como ninguém o escutava, ele pediu permissão para contar uma fábula de Esopo. Permissão dada, ele começou:

– Deméter, uma andorinha e uma enguia caminhavam juntas. Chegaram à beira de um riacho. A andorinha então voou e a enguia mergulhou na água. Depois calou-se.

– E Deméter – quis saber o povo –, o que ela fez?

– Ela ficou irada com vocês, que deixam de lado os negócios do Estado para ficar ouvindo fábulas de Esopo.

Insensato. Trocas o necessário pelo prazer!

O ASNO COM A PELE DO LEÃO

Um asno vestido com a pele de um leão começou a semear o terror entre os animais. Ao ver uma raposa, quis pregar-lhe também um susto. Mas a raposa, que há pouco o tinha visto zurrar, disse-lhe:

– Eu teria tido medo se não tivesse te ouvido zurrar.

Quem se despoja mal do que é, fantasiando-se com o hábito alheio para parecer diferente, revela-se logo quem é porque não consegue ficar calado.

SUMÁRIO

Coleção L&PM POCKET

1106.**Psicologia das massas e análise do eu** – Freud
1107.**Guerra Civil Espanhola** – Helen Graham
1108.**A autoestrada do sul e outras histórias** – Julio Cortázar
1109.**O mistério dos sete relógios** – Agatha Christie
1110.**Peanuts: Ninguém gosta de mim... (amor)** – Charles Schulz
1111.**Cadê o bolo?** – Mauricio de Sousa
1112.**O filósofo ignorante** – Voltaire
1113.**Totem e tabu** – Freud
1114.**Filosofia pré-socrática** – Catherine Osborne
1115.**Desejo de status** – Alain de Botton
1118.**Passageiro para Frankfurt** – Agatha Christie
1120.**Kill All Enemies** – Melvin Burgess
1121.**A morte da sra. McGinty** – Agatha Christie
1122.**Revolução Russa** – S. A. Smith
1123.**Até você, Capitu?** – Dalton Trevisan
1124.**O grande Gatsby (Mangá)** – F. S. Fitzgerald
1125.**Assim falou Zaratustra (Mangá)** – Nietzsche
1126. **Peanuts: É para isso que servem os amigos (amizade)** – Charles Schulz
1127(27).**Nietzsche** – Dorian Astor
1128.**Bidu: Hora do banho** – Mauricio de Sousa
1129.**O melhor do Macanudo Taurino** – Santiago
1130.**Radicci 30 anos** – Iotti
1131.**Show de sabores** – J.A. Pinheiro Machado
1132.**O prazer das palavras** – vol. 3 – Cláudio Moreno
1133.**Morte na praia** – Agatha Christie
1134.**O fardo** – Agatha Christie
1135.**Manifesto do Partido Comunista (Mangá)** – Marx & Engels
1136.**A metamorfose (Mangá)** – Franz Kafka
1137.**Por que você não se casou... ainda** – Tracy McMillan
1138.**Textos autobiográficos** – Bukowski
1139.**A importância de ser prudente** – Oscar Wilde
1140.**Sobre a vontade na natureza** – Arthur Schopenhauer
1141.**Dilbert (8)** – Scott Adams
1142.**Entre dois amores** – Agatha Christie
1143.**Cipreste triste** – Agatha Christie
1144.**Alguém viu uma assombração?** – Mauricio de Sousa
1145.**Mandela** – Elleke Boehmer
1146.**Retrato do artista quando jovem** – James Joyce
1147.**Zadig ou o destino** – Voltaire
1148.**O contrato social (Mangá)** – J.-J. Rousseau
1149.**Garfield fenomenal** – Jim Davis
1150.**A queda da América** – Allen Ginsberg
1151.**Música na noite & outros ensaios** – Aldous Huxley
1152.**Poesias inéditas & Poemas dramáticos** – Fernando Pessoa
1153.**Peanuts: Felicidade é...** – Charles M. Schulz
1154.**Mate-me por favor** – Legs McNeil e Gillian McCain
1155.**Assassinato no Expresso Oriente** – Agatha Christie
1156.**Um punhado de centeio** – Agatha Christie
1157.**A interpretação dos sonhos (Mangá)** – Freud
1158.**Peanuts: Você não entende o sentido da vida** – Charles M. Schulz
1159.**A dinastia Rothschild** – Herbert R. Lottman
1160.**A Mansão Hollow** – Agatha Christie
1161.**Nas montanhas da loucura** – H.P. Lovecraft
1162(28).**Napoleão Bonaparte** – Pascale Fautrier
1163.**Um corpo na biblioteca** – Agatha Christie
1164.**Inovação** – Mark Dodgson e David Gann
1165.**O que toda mulher deve saber sobre os homens: a afetividade masculina** – Walter Riso
1166.**O amor está no ar** – Mauricio de Sousa
1167.**Testemunha de acusação & outras histórias** – Agatha Christie
1168.**Etiqueta de bolso** – Celia Ribeiro
1169.**Poesia reunida (volume 3)** – Affonso Romano de Sant'Anna
1170.**Emma** – Jane Austen
1171.**Que seja em segredo** – Ana Miranda
1172.**Garfield sem apetite** – Jim Davis
1173.**Garfield: Foi mal...** – Jim Davis
1174.**Os irmãos Karamázov (Mangá)** – Dostoiévski
1175.**O Pequeno Príncipe** – Antoine de Saint-Exupéry
1176.**Peanuts: Ninguém mais tem o espírito aventureiro** – Charles M. Schulz
1177.**Assim falou Zaratustra** – Nietzsche
1178.**Morte no Nilo** – Agatha Christie
1179.**Ê, soneca boa** – Mauricio de Sousa
1180.**Garfield a todo o vapor** – Jim Davis
1181.**Em busca do tempo perdido (Mangá)** – Proust
1182.**Cai o pano: o último caso de Poirot** – Agatha Christie
1183.**Livro para colorir e relaxar** – Livro 1
1184.**Para colorir sem parar**
1185.**Os elefantes não esquecem** – Agatha Christie
1186.**Teoria da relatividade** – Albert Einstein
1187.**Compêndio da psicanálise** – Freud
1188.**Visões de Gerard** – Jack Kerouac
1189.**Fim de verão** – Mohiro Kitoh
1190.**Procurando diversão** – Mauricio de Sousa
1191.**E não sobrou nenhum e outras peças** – Agatha Christie
1192.**Ansiedade** – Daniel Freeman & Jason Freeman
1193.**Garfield: pausa para o almoço** – Jim Davis
1194.**Contos do dia e da noite** – Guy de Maupassant
1195.**O melhor de Hagar 7** – Dik Browne
1196(29).**Lou Andreas-Salomé** – Dorian Astor
1197(30).**Pasolini** – René de Ceccatty

1198.**O caso do Hotel Bertram** – Agatha Christie
1199.**Crônicas de motel** – Sam Shepard
1200.**Pequena filosofia da paz interior** – Catherine Rambert
1201.**Os sertões** – Euclides da Cunha
1202.**Treze à mesa** – Agatha Christie
1203.**Bíblia** – John Riches
1204.**Anjos** – David Albert Jones
1205.**As tirinhas do Guri de Uruguaiana 1** – Jair Kobe
1206.**Entre aspas (vol.1)** – Fernando Eichenberg
1207.**Escrita** – Andrew Robinson
1208.**O spleen de Paris: pequenos poemas em prosa** – Charles Baudelaire
1209.**Satíricon** – Petrônio
1210.**O avarento** – Molière
1211.**Queimando na água, afogando-se na chama** – Bukowski
1212.**Miscelânea septuagenária: contos e poemas** – Bukowski
1213.**Que filosofar é aprender a morrer e outros ensaios** – Montaigne
1214.**Da amizade e outros ensaios** – Montaigne
1215.**O medo à espreita e outras histórias** – H.P. Lovecraft
1216.**A obra de arte na era de sua reprodutibilidade técnica** – Walter Benjamin
1217.**Sobre a liberdade** – John Stuart Mill
1218.**O segredo de Chimneys** – Agatha Christie
1219.**Morte na rua Hickory** – Agatha Christie
1220.**Ulisses (Mangá)** – James Joyce
1221.**Ateísmo** – Julian Baggini
1222.**Os melhores contos de Katherine Mansfield** – Katherine Mansfield
1223(31).**Martin Luther King** – Alain Foix
1224.**Millôr Definitivo: uma antologia de *A Bíblia do Caos*** – Millôr Fernandes
1225.**O Clube das Terças-Feiras e outras histórias** – Agatha Christie
1226.**Por que sou tão sábio** – Nietzsche
1227.**Sobre a mentira** – Platão
1228.**Sobre a leitura** *seguido do* **Depoimento de Céleste Albaret** – Proust
1229.**O homem do terno marrom** – Agatha Christie
1230(32).**Jimi Hendrix** – Franck Médioni
1231.**Amor e amizade e outras histórias** – Jane Austen
1232.**Lady Susan, Os Watson e Sanditon** – Jane Austen
1233.**Uma breve história da ciência** – William Bynum
1234.**Macunaíma: o herói sem nenhum caráter** – Mário de Andrade
1235.**A máquina do tempo** – H.G. Wells
1236.**O homem invisível** – H.G. Wells
1237.**Os 36 estratagemas: manual secreto da arte da guerra** – Anônimo
1238.**A mina de ouro e outras histórias** – Agatha Christie
1239.**Pic** – Jack Kerouac
1240.**O habitante da escuridão e outros contos** – H.P. Lovecraft
1241.**O chamado de Cthulhu e outros contos** – H.P. Lovecraft
1242.**O melhor de Meu reino por um cavalo!** – Edição de Ivan Pinheiro Machado
1243.**A guerra dos mundos** – H.G. Wells
1244.**O caso da criada perfeita e outras histórias** – Agatha Christie
1245.**Morte por afogamento e outras histórias** – Agatha Christie
1246.**Assassinato no Comitê Central** – Manuel Vázquez Montalbán
1247.**O papai é pop** – Marcos Piangers
1248.**O papai é pop 2** – Marcos Piangers
1249.**A mamãe é rock** – Ana Cardoso
1250.**Paris boêmia** – Dan Franck
1251.**Paris libertária** – Dan Franck
1252.**Paris ocupada** – Dan Franck
1253.**Uma anedota infame** – Dostoiévski
1254.**O último dia de um condenado** – Victor Hugo
1255.**Nem só de caviar vive o homem** – J.M. Simmel
1256.**Amanhã é outro dia** – J.M. Simmel
1257.**Mulherzinhas** – Louisa May Alcott
1258.**Reforma Protestante** – Peter Marshall
1259.**História econômica global** – Robert C. Allen
1260(33).**Che Guevara** – Alain Foix
1261.**Câncer** – Nicholas James
1262.**Akhenaton** – Agatha Christie
1263.**Aforismos para a sabedoria de vida** – Arthur Schopenhauer
1264.**Uma história do mundo** – David Coimbra
1265.**Ame e não sofra** – Walter Riso
1266.**Desapegue-se!** – Walter Riso
1267.**Os Sousa: Uma famíla do barulho** – Mauricio de Sousa
1268.**Nico Demo: O rei da travessura** – Mauricio de Sousa
1269.**Testemunha de acusação e outras peças** – Agatha Christie
1270(34).**Dostoiévski** – Virgil Tanase
1271.**O melhor de Hagar 8** – Dik Browne
1272.**O melhor de Hagar 9** – Dik Browne
1273.**O melhor de Hagar 10** – Dik e Chris Browne
1274.**Considerações sobre o governo representativo** – John Stuart Mill
1275.**O homem Moises e a religião monoteísta** – Freud
1276.**Inibição, sintoma e medo** – Freud
1277.**Além do princípio de prazer** – Freud
1278.**O direito de dizer não!** – Walter Riso
1279.**A arte de ser flexível** – Walter Riso
1280.**Casados e descasados** – August Strindberg
1281.**Da Terra à Lua** – Júlio Verne
1282.**Minhas galerias e meus pintores** – Kahnweiler e Crémieux

IMPRESSÃO:

PALLOTTI
GRÁFICA

Santa Maria - RS | Fone: (55) 3220.4500
www.graficapallotti.com.br